Un gran equipo

Luigi Garlando

¡GOL!
Un gran equipo

Ilustraciones de Stefano Turconi

Vintage Español
Una división de Random House, Inc.
Nueva York

Gracias por sus valiosísimos consejos a Giovanni,
hincha del Mantova y primer lector de ¡Gol!

PRIMERA EDICIÓN VINTAGE ESPAÑOL, DICIEMBRE 2012

Copyright de la traducción © 2010 por Santiago Jordán Sempere

Este libro es una obra de ficción. Los nombres, personajes, lugares e incidentes
o son producto de la imaginación del autor o se usan de forma ficticia.
Cualquier parecido con personas, vivas o muertas, eventos o
escenarios es puramente casual.

Biblioteca del Congreso de los Estados Unidos
Información de catalogación
Garlando, Luigi.
[Gol! Calcio d'inizio. Spanish]
Un gran equipo / by Luigi Garlando; ilustraciones de Stefano Turconi.
—Primera edición Vintage Español.
p. cm.—(Gol ; 1)
ISBN 978-0-345-80422-8
[1. Soccer—Fiction.] I. Title.
PZ73.G3655 2013
[Fic]—dc23
2012039767

Proyecto editorial de Marcella Drago y Clare Stringer
Proyecto gráfico de Gioia Giunchi y Laura Zuccotti

Para venta exclusiva en EE.UU., Canadá, Puerto Rico y Filipinas.

www.vintageespanol.com

Impreso en los Estados Unidos de América
10 9 8 7 6 5 4 3 2

*Dedicado a todos los pequeños jugadores
que «calientan» banquillo*

Un gran equipo

1
LA GRAN FINAL

Si te gusta el fútbol, de ninguna manera puedes perderte este partido. Créeme. Disfruta del espectáculo, y ya me dirás al final si tenía o no razón.

Los equipos ya están en el terreno de juego: los que llevan camiseta roja y pantalones negros son los alevines del equipo Diablos Rojos, y los de camiseta azul y pantalones blancos son los Tiburones Azules. Como todos los años, están a punto de disputar la final del campeonato. Pase lo que pase, siempre gana uno de ellos: o los Diablos o los Tiburones. Es inevitable. Son los clubes juveniles más fuertes de la ciudad, en los que todos los chicos quieren jugar, porque todos los años los equipos de primera eligen a los mejores para incorporarlos a sus plantillas.

¿Ves a aquel señor, el que lleva una camisa blanca y está sentado en el sector derecho de las gradas? No, el que lleva una especie de hongo en la cabeza, no. El

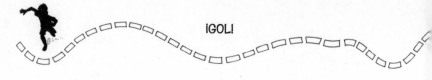
otro, el de al lado: es rubio, lleva unas gafas oscuras... el que está leyendo el periódico. Ese señor jugó hace años en primera división y ahora hace de observador, es decir, sigue los partidos de los niños un poco por todas partes en busca de pequeños futuros campeones para el equipo blanco.

Por lo general pasan al Real Madrid los mejores jugadores de los Diablos Rojos, mientras que los Tiburones Azules van al Barcelona, de modo que puede decirse que la enorme rivalidad que enfrenta al Madrid y al Barça se da también entre los Tiburones y los Diablos. Sabiendo esto puedes comprender lo trascendental que es la final que está a punto de comenzar y el empeño que pondrán en ella los dos equipos. Nadie quiere perder, porque después habría que esperar un año entero para jugar la revancha, y durante todo el verano sería la diana de las bromas de sus rivales...

Como te decía, será un partido emocionante: seguro que nos divertimos.

Como todavía falta un poco para el pitido inicial, quiero presentarte a una persona importante en la historia que te voy a contar. También él está sentado en las gradas, ya lo has visto antes: es el señor que lleva una especie de hongo en la cabeza, que en realidad es

un gorro de cocinero. Efectivamente, monsieur Gaston Champignon es cocinero.

Lo divertido del caso es que su apellido, Champignon, en francés significa precisamente «champiñón». Si fuera español, tendríamos que llamarlo Gastón Champiñón. Pero eso no es lo único divertido en la vida del simpático «señor Champiñón». Como ves, siempre va por ahí con un cucharón de madera, aunque no esté en la cocina, y no se separa nunca de su gato gris, Cazo.

Cazo se llama así porque tiene el vicio de meterse en las ollas del restaurante y quedarse frito, y un par de veces estuvo a punto de acabar chamuscado de verdad. Por eso el señor Champignon puso un cojín en el fondo de una vieja olla que ya no utilizaba, y desde entonces el gato se ha acostumbrado a meterse dentro de ella cuando quiere echar una cabezada.

Cazo es el gato más dormilón del mundo. Cuando tiene los ojos cerrados, puedes coger una cuchara y darle a la olla como si fuese un tambor, y él seguirá soñando con peces a la parrilla y ratones atrapados en una trampa. Y si hay demasiada luz, el señor Champignon tapa la olla y Cazo es el gato más feliz del mundo.

De joven, Gaston Champignon había sido un buen centrocampista, un número 10 con gran clase, como Pla-

tini, Zidane o Ronaldinho. Si no pasó de segunda división fue porque tenía un pequeño problema: después de cada partido le entraba un hambre de lobo y comía por tres. Primero vaciaba su plato y luego se zampaba los restos de los de sus compañeros de equipo. El entrenador lo miraba y se llevaba las manos a la cabeza, preocupadísimo, y todos los martes, cuando volvían a entrenar, hacía subir a su número 10 a la báscula.

—¿Lo ves, Gaston? —le reñía—. Esta semana has vuelto a engordar dos kilos. Tendrás que entrenar el doble que los demás.

Así que, si sus compañeros de equipo daban diez vueltas corriendo al campo, él daba veinte; si sus colegas hacían cincuenta abdominales, a él le tocaban cien. Al final de los entrenamientos estaba tan cansado que ni siquiera tenía hambre: solo sueño. Y se iba directamente a la cama. Los domingos, día de partido, Gaston se presentaba de nuevo con el peso adecuado. Lástima que enseguida volvía al restaurante y recuperaba en un instante los dos kilos que tanto le había costado perder...

En resumen: el joven Gaston Champignon era una especie de acordeón. Semana tras semana se hinchaba y deshinchaba, hasta que un día, cansado de dar vuel-

tas al campo y hacer abdominales, abandonó el fútbol para dedicarse a la auténtica gran pasión de su vida: la cocina. Con el dinero que había ganado jugando al fútbol abrió un restaurante en París que en pocos años se convirtió en uno de los más afamados de Francia.

El restaurante de Gaston Champignon tenía un nombre extraño: Pétalos a la Cazuela. Y también eran extraños los platos que preparaba, todos a base de flores: pasta al tomate con claveles, albóndigas con nomeolvides, ensalada de espinacas con violetas, soufló dulce al geranio... un menú especial que pronto tuvo un éxito increíble. Actores, cantantes, deportistas, políticos y escritores prestigiosos empezaron a hacer cola para sentarse a una mesa en el local de Gaston Champignon, donde el aire siempre estaba perfumado como un jardín en primavera.

Una noche entró en el Pétalos

GASTON CHAMPIGNON
Y CAZO

a la Cazuela una hermosísima italiana envuelta en un chal blanco. Gaston la vio desde la cocina y el corazón empezó a latirle con fuerza, como cuando hacía cien abdominales seguidas. Se lavó las manos y se empeñó en servirle personalmente un guiso de arroz con pétalos de rosa. Y luego le envió más rosas (con sus tallos, espinas y todo lo demás) al teatro de la Ópera, donde esa chica, Sofía, bailaba todas las noches.

Gaston y Sofía se casaron en la catedral de Nôtre Dame dos años después. Hace cinco se mudaron de París a Madrid, donde la señora Champignon da ahora clases de danza a jóvenes bailarinas. Monsieur Champignon ha seguido trabajando como cocinero y ha abierto otro restaurante Pétalos a la Cazuela en Madrid, que ha tenido tanto éxito como el de París.

Y ahora te preguntarás qué hace el señor Champignon sentado en las gradas con un cucharón en la mano y un gato dormido sobre las piernas. Muy sencillo: hace de hincha.

En el edificio donde se encuentra el restaurante Pétalos a la Cazuela vive un chico que se llama Tomás, al que casi todos llaman Tomi.

Un día, el cocinero había salido al patio para tirar las sobras del día a los contenedores de basura. Tomi

12

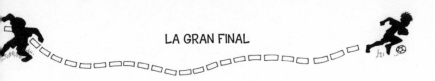

estaba inflando una rueda de su bici, arrodillado en el suelo, cuando llegó rodando hasta sus manos una mandarina que se había caído de la bolsa de Champignon. Tomi se puso de pie y empezó a pelotear con la fruta como si fuera un balón. Se la pasaba del pie izquierdo al derecho una y otra vez... ¡Sin que se le cayera nunca al suelo!

El cocinero se quedó observándolo, admirado: ese chaval realmente sabía utilizar los pies. Decidió retarlo: «Y esto, ¿qué tal se te da?».

El señor Champignon cogió otra mandarina, peloteó un poco con ella y luego la lanzó al aire de un taconazo. Mientras la mandarina caía, se quitó el gorro de cocinero, dobló ligeramente las rodillas y logró que la fruta aterrizara en su cabeza. Luego se volvió a tocar con el sombrero y extendió los brazos, como diciendo «la mandarina ha desaparecido».

Tomás se quedó pasmado. El cocinero le tendió la mano.

—Encantado de conocerte. Me llamo Gaston. Gaston Champignon.

—Tomi —respondió el chico, al tiempo que le estrechaba la mano.

Así nació su amistad.

Después de cada partido, Tomi pasaba por la cocina de Pétalos a la Cazuela para contarle cómo le había ido y se quedaba a escuchar viejas historias del fútbol en Francia y a que Gaston le explicara las virtudes de las flores.

Hoy Gaston Champignon está sentado en el palco para animar a su joven amigo Tomi, que juega en los Tiburones Azules.

¡Atención, el árbitro ha pitado! ¡La final ha empezado!

¿Cuál de los jugadores es Tomi? No, no lo busques en el terreno de juego. Tomi es uno de los chicos que están en el banquillo, el más pequeño, el que se mordisquea las uñas de la mano derecha. Debe de estar muy nervioso...

Tomás tiene diez años, pero juega con los de doce porque es un crack con el balón. Un pequeño fenómeno. Pero, claro, al jugar contra adversarios más grandes que él, a menudo tiene problemas. Mira por ejemplo al capitán de

TOMI

los Diablos Rojos, el defensa que lleva el número 5. Es casi tan alto como el árbitro, con la cabeza es imbatible, y sus piernas parecen dos troncos de árbol. Lanza unos penaltis que dan miedo. Un brazo de ese Diablo Rojo es más grueso que una pierna de Tomi...

Se llama Sergio y es el mejor de su equipo. El observador que lleva las gafas oscuras ha venido sobre todo por él. Seguramente Sergio jugará el próximo año en el equipo juvenil del Madrid.

Cuando salga al campo, Tomi, que es delantero, tendrá que vérselas precisamente con el temible Sergio. De momento, el delantero centro de los Tiburones es Pedro, el hijo del entrenador, que todavía no ha tocado el balón porque los Diablos han salido en tromba y presionan a sus adversarios en el área. Los Tiburones Azules tiene graves problemas. Tomi se muerde las uñas también por eso.

El entrenador de los Tiburones, de pie delante de su banquillo, grita como si estuviera en el mercado: «¡Despertaos! ¡Se duerme de noche, no de día!».

También chillan los padres que están sentados en las gradas. Cazo duerme.

¡Atención, peligro! El árbitro ha pitado una falta al borde del área de los Tiburones. El cocinero se acari-

15

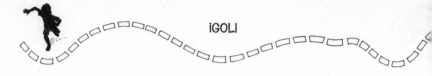

cia la punta izquierda del bigote: ese gesto significa que está preocupado, o bien que está a punto de ocurrir algo que no le gusta. En cambio, cuando se toca el lado derecho, normalmente quiere decir que ha tenido una gran idea o un buen presentimiento.

Champignon le diría un par de cosas a ese joven entrenador de la coleta: esa no es manera de tratar a un portero que acaba de encajar un gol. Hay que consolarlo, no reprocharle nada. En realidad, así no hay que tratar a nadie. Por mucho que sea la final de un campeonato, no debe dejar de ser un entretenimiento para los chicos.

El pequeño Edu espera que vuelva a comenzar el juego sobre la línea de meta, con las manos en las caderas y la cabeza gacha, como si acabara de recoger un boletín de notas lleno de suspensos.

Los Tiburones Azules tienen la moral por los suelos, han acusado el golpe y les cuesta recobrarse, a pesar de los gritos de ánimo de sus hinchas.

Los Diablos lo aprovechan y se vuelven a lanzar al ataque. Su jugada es preciosa: comienza en Sergio, que pasa al número 10 y se desplaza hacia la derecha, donde el número 7 cruza para el número 9, que lanza un disparo espléndido al bote pronto que se cuela por la escuadra. Inalcanzable para Edu: 2-0. Un gol realmente hermoso.

Gaston Champignon aplaude deportivamente la jugada, junto con los hinchas del adversario.

Charli, el entrenador de la coleta, se enfurece otra vez:

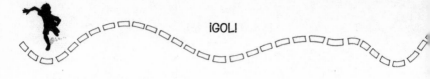

—¡Estamos en mayo, no en diciembre! ¡Parecéis figuras del belén! ¡Todos quietos mirando! ¡Sois unos gallinas! ¡Gallinas, gallinas!

El árbitro pita el final de la primera parte. Cazo se despierta.

El señor Champignon lo acaricia y le reconforta:

—Ahora entra Tomás y ganamos el partido, ya lo verás. Tranquilo.

2
EL PENALTI
DECISIVO

Los equipos han vuelto a los vestuarios. En el terreno de juego solo se han quedado los reservas, que desentumecen un poco las piernas. Se han puesto en círculo tanto los Diablos Rojos como los Tiburones Azules y se pasan el balón. Están calentando, en cualquier momento podrían necesitarlos.

Tomi reconoce al señor Champignon en la tribuna y lo saluda con la mano. Gaston responde agitando el cucharón de madera. Tomi saluda también a su madre, que está sentada en el centro de las gradas junto a los demás padres de los integrantes de los Tiburones. Su padre no está; trabaja aunque sea sábado. El papá de Tomi es conductor de autobús, para ser exactos del número 18.

A Tomás le duele que no pueda asistir a la gran final, pero tiene claro también que a su padre en realidad no le interesa el fútbol. Sus grandes pasiones son la músi-

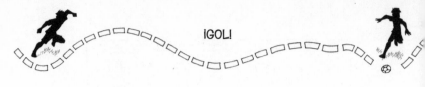

ca y el modelismo: se pasa el tiempo libre sentado en un sillón con unos auriculares inmensos, sonriendo y moviendo los brazos como si dirigiera una orquesta, o se pone las gafitas negras y construye veleros increíbles sobre la mesa del salón. El año pasado, Tomi echó a pique una de esas naves con una pelota de tenis, con su manía de dar patadas a todo lo que le cae cerca...

Tomi acababa de regresar de la escuela cuando se encontró una pelota de tenis en el pasillo, la levantó con el pie y, antes de que botara, trató de colarla por la puerta de su habitación. El tiro no le salió del todo bien y la pelota se coló por error por la puerta del salón; rebotó en el suelo y, como si hubiera salido disparada de un cañón pirata, hizo añicos el bellísimo velero que resplandecía en el centro de la mesa.

Ante semejante desastre, Tomi se quedó con la boca abierta y sus mejillas palidecieron ligeramente.

Su madre miró el reloj y le dijo:

—Tenemos tres horas y cuarenta y cinco minutos para reconstruir el barco. De lo contrario, papá te perseguirá con el autobús hasta la catedral...

Pegaron la última maderita justo en el momento en que el padre abría la puerta. Tomi fue a recibirle.

—Hola, papá. ¿Cómo te ha ido hoy?

—Una parada tras otra, como siempre —respondió, mientras se quitaba la gorra azul—. ¿Y a vosotros?

—Viento en popa a toda vela... —contestó la madre, guiñándole el ojo a Tomás.

Los padres e hinchas de los Diablos Rojos comentan satisfechos el primer tiempo. Los de los Tiburones discuten con ardor las jugadas que hay que hacer para dar la vuelta al marcador en la segunda parte. Todos están de acuerdo: necesitan la velocidad y la gran técnica de Tomi. Ahora entrará y las cosas cambiarán.

Lo piensan sobre todo Nico y Fidu, sus dos mejores amigos. ¿Los ves? Están entre la hinchada de los Tiburones y sujetan dos palos de escoba, entre los que hay una especie de sábana blanca que lleva algo escrito.

Nico es el más pequeño y delgadito. Lleva unas gafas quizá demasiado grandes. En una ocasión, Fidu le preguntó si las usaba también para bucear... Nico saca buenas notas, le gusta la poesía, y en matemáticas es un auténtico monstruo. Fidu, no tanto...

El verdadero nombre de Fidu es Ricardo; empezaron llamándole Fideo precisamente porque no se parece en absoluto a un fideo, y al final se ha quedado como Fidu.

21

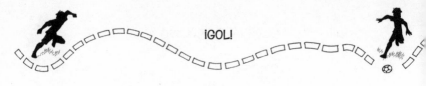
Es bastante fuerte y, como le gusta llevar vaqueros enormes, caídos por atrás y colgando sobre los zapatos, parece todavía más corpulento. La cadena que lleva al cuello no es de verdad, es de plástico. La lleva como John Cena, el campeón de lucha libre. Y como John Cena, Fidu, un apasionado de la lucha libre, lleva la gorra al revés, con la visera tapándole la nuca.

Nico y Tomi saben que no conviene cruzarse con él cuando acaba de ver por televisión las luchas de esos payasos que fingen que se pegan sobre el cuadrilátero y a veces se hacen daño de verdad. Fidu es capaz de cogerte y levantarte en el aire como ellos... Menos mal que es una montaña de bondad y no sería capaz de hacerle daño a una mosca.

En la sábana se lee: «¡Tomi, genio, acabarás en la Selección!».
Nico está enfadadísimo:
—Sabía que no tenía que fiarme de ti. Te había dicho que escribieras: «¡Tomi, campeón, acabarás en la Selección!».

FIDU

Fidu tiene problemas, como le ocurre en clase:

—No sabía si «campeón» se escribía con acento o no... Para no meter la pata, he escrito «genio».

—¡Pero «genio» no rima con «selección»!

Fidu logra salir del apuro:

—Tomi no tiene que rimar, ¡tiene que golear!

El partido vuelve a empezar, pero Tomás sigue sentado en el banquillo. A estas alturas, ya no le deben de quedar uñas que morder... Charli, el entrenador de los Tiburones, les debe de haber soltado una bronca en los vestuarios, porque han salido al campo mucho más decididos y por fin se disponen a atacar. Sus hinchas les animan con vítores y confían en la remontada.

El padre de Sergio, el gran defensa de los Diablos Rojos, se lleva las manos a la cabeza: esta vez han regateado a su hijo y, para corregir su error, ha tenido que zancadillear a Julio, el número 7 de los Tiburones, cuando se disponía a chutar a puerta.

Podría ser penalti... Y, en efecto, el árbitro pita y apunta con el dedo el círculo de yeso.

La mancha azul que forman los hinchas de los Tiburones está exultante en la grada: ¡es una ocasión única

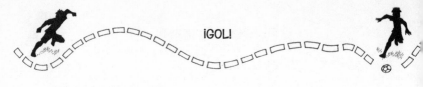
para reducir la desventaja a la mitad y volver a tener posibilidades de ganar! Pedro coge el balón, lo limpia frotándolo contra la camiseta y lo coloca delicadamente en el suelo, como si fuera de cristal.

Será él quien lance el penalti. Pero no parece que esté demasiado tranquilo...

¿Ves cómo mueve las piernas? No consigue estarse quieto. Se diría que se le ha metido un cangrejo en los calzones... Además, no deja de mirar a su padre que está sentado en el banquillo. Tiene demasiado miedo de equivocarse. Lanzar un penalti en una superfinal nunca es tarea fácil. Atención. El árbitro ha pitado. Pedro, que lleva una coleta como su padre, coge carrerilla...

Lo sabía... Ha sido un tiro demasiado suave. El portero no ha tenido ningún problema para lanzarse a su derecha y bloquear la pelota. Pobre Pedro, a lo mejor le temblaban las piernas. El entusiasmo de los hinchas de los Tiburones se desinfla como una rueda pinchada: «Buuufff... ¡Nooo...!».

El míster, Charli, se desespera delante del banquillo y brama con los puños levantados: «¡Gallina, más que gallina! ¿Cómo se puede lanzar así un penalti? ¡Gallina, gallina!».

Gaston Champignon agita nuevamente la cabeza: ese joven entrenador que vocifera e insulta a sus jugadores le resulta de lo más antipático.

Los Diablos Rojos, reforzados tras haber ahuyentado el peligro, se lanzan otra vez al ataque como en la primera parte. Consiguen forzar un saque de esquina. Entre otros sube a atacar Sergio, para aprovechar su altura.

Desde las gradas, Sergio parece un faro entre las rocas, porque es mucho más alto que los demás. Y es él quien cabecea la pelota lanzada desde el banderín. Edu se lanza, pero solo consigue rozarla antes de que se hunda en la red, por una esquina: 3-0.

Estamos en la mitad de la segunda parte. Adiós a la final... Nico y Fidu dejan su pancarta en el suelo.

Nico está hecho una furia: «¿A qué espera el entrenador para que entre Tomi?».

Cuando Charli grita por enésima vez: «¡Despertaos!», Fidu se levanta: «¡Despiértate tú y mete a Tomás!».

Los hinchas de los Tiburones lo aplauden a coro.

Tomi entra en el campo a cinco minutos del final, en sustitución de Pedro. Me preguntarás qué puede hacer en cinco minutos cuando los adversarios llevan tres goles de ventaja. Pues puede hacer lo siguiente, por ejemplo. Míralo bien.

25

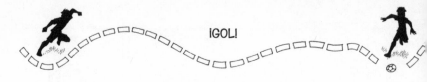

Los hinchas de los Diablos Rojos se han quedado mudos: creían tener la victoria en el bolsillo y ahora… Todos los hinchas de los Tiburones están de pie y se desgañitan animando a los suyos: «¡Uno más! ¡Adelante, chicos! ¡Uno más!»

Cazo sigue durmiendo.

Los Tiburones atacan de nuevo. Los Rojos han perdido toda entereza y están aterrados ante la perspectiva de empatar. Ahora nadie pierde de vista a Tomi.

El árbitro informa de que después del penalti pitará el final del partido, así que, si los Tiburones Azules marcan, se jugarán dos tiempos suplementarios; si no, los Diablos Rojos habrán ganado la final y el campeonato. ¿Quién tiene el valor de lanzar un penalti así, que vale por toda una temporada? ¿Tú lo tendrías?

En las gradas, después de los gritos de entusiasmo y de contrariedad, se ha hecho el silencio. En mitad del campo, los jugadores de los Tiburones se miran entre sí y luego todos miran a Tomi. Este recoge la pelota y se dirige hacia el círculo del penalti.

El corazón le late con fuerza.

3
UN NUEVO EQUIPO

Tomi ha lanzado bien el penalti, engañando al portero, que se ha lanzado hacia el lado equivocado. Un tiro ajustadísimo al palo, imparable. Pero desafortunado: ¡el balón golpea un poste y luego el otro antes de salir! Ha recorrido la línea de meta de punta a punta, sin cruzarla.

El árbitro pita el final del partido. Los Diablos Rojos han ganado el campeonato. Los jugadores se abrazan en medio del campo, sus hinchas bajan de la grada y lo celebran. El entrenador riega a sus pequeños campeones con agua con gas, como si fuera champán.

En cuanto ha visto rebotar la pelota contra el segundo palo y salir de la portería, Tomi ha notado que las piernas le flaqueaban, como a los boxeadores cuando reciben un puñetazo tremendo en el ring, y se ha caído de rodillas.

Estaba seguro de que su tiro acabaría en la red; nunca antes había fallado un penalti. En cambio, ahora, adiós al campeonato...

Siente ganas de llorar.

Los compañeros se le acercan y le dan palmadas en el hombro. Julio lo ayuda a levantarse y le dice:

—No importa, no ha sido culpa tuya. En realidad, sin tus goles habríamos hecho el ridículo...

Su madre le limpia la tierra de las rodillas y le dedica una sonrisa. Ya hablarán en casa, sabe que en ese momento es mejor no decirle nada. Y también sería preferible que se callara Charli, el entrenador de los Tiburones Azules, en lugar de reclamarle a Tomi:

—¿Cómo has podido fallar el penalti decisivo en el último segundo?

Monsieur Champignon es un tipo tranquilo, casi tanto como su gato Cazo. Ya has visto la cara de alegría que tiene. Si alguien va por ahí con un cucharón de madera en la mano y tocado con un gorro blanco de cocinero, no hay duda de que es aficionado a bromear. Pero las palabras del entrenador le han cabreado un poco, si me permites la expresión. Se acaricia la punta izquierda del bigote y replica:

—Y usted, señor entrenador, ¿cómo ha podido tener chupando banquillo a un jugador como Tomi?

Charli se da la vuelta y mira al cocinero con una sonrisita irónica:

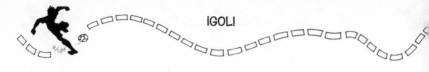

—Por su sombrero deduzco que usted no es un gran experto en fútbol.

—Y por la manera en que ha dirigido esta final yo diría que usted tampoco —replica Champignon.

Charli, un poco nervioso, saca de la cartera un cromo de los que se pegan en los álbumes de las colecciones de jugadores de fútbol.

—Este soy yo hace algunos años. He jugado en segunda división.

El cocinero también saca de su cartera una foto.

—Yo también he jugado en segunda división, y aquí estoy al lado de un antiguo compañero de equipo, al que a lo mejor reconoce usted...

Charli mira la foto y pregunta asombrado:

—¿Michel Platini?

El señor Champignon se guarda la cartera en el bolsillo.

—Sí, uno de los mejores jugadores de la historia del fútbol. Y debería usted conocer a otro francés célebre, el barón Pierre de Coubertin, quien repetía constantemente: «Lo importante no es ganar, sino participar». Pero evidentemente no lo conoce, ya que hoy tenía en el banquillo a cuatro chicos, y de los cuatro solo ha dejado jugar a Tomi cinco minutos.

—Esos chicos han jugado mucho durante el campeonato. En la final he puesto en el campo a los mejores, para intentar ganar. Si hubiéramos derrotado a los Diablos se habrían alegrado también los reservas —contesta el entrenador.

—Se equivoca —tercia una mujer con un sombrerito blanco, probablemente la madre de un reserva—. Mi hijo habría preferido perder, pero poder jugar y sentirse útil para el equipo —sentencia con cara desafiante, como cuando trata de conseguir un descuento en el mercado.

—La señora tiene razón —comenta Champignon—. El primer consejo que un entrenador debe dar a sus jugadores es que se diviertan. Porque el que se divierte siempre sale ganando.

Alrededor del cocinero y el entrenador se han reunido casi todos los padres de los Tiburones.

—A lo mejor, si hubiera dejado jugar a los chicos del banquillo, que estaban más frescos, habríamos tenido más posibilidades de ganar... —añade el padre de Julio.

—Eso está por ver —responde molesto el entrenador.

—A mí me parece que los goles los ha metido Tomi, que estaba en el banquillo, y no su hijo Pedro —rebate la señora desafiante del sombrerito blanco.

33

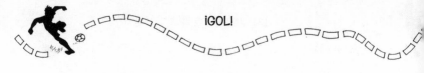

—Bueno, si encuentran un entrenador mejor, yo lo dejo —dice Charli, levantando los brazos.

—No queremos un entrenador «mejor», sino uno que esté menos interesado por la clasificación y más por la diversión de nuestros hijos. Hablaré con los demás padres y ya le diremos algo —interviene el padre de Julio.

Cazo se despierta de golpe, eriza el pelo y enseña los dientes soltando un bufido.

El cocinero lo acaricia.

—Querido entrenador, creo que usted no le cae bien ni siquiera a mi gato...

Todos se echan a reír. Charli se va con paso decidido hacia los vestuarios, ofendido.

También se marchan los padres.

Gaston Champignon da la mano a Tomi.

—Felicidades, pequeño Platini, has jugado de maravilla. El primer gol ha sido simplemente fantástico. *Superbe!* Y ahora, corre a darte una ducha.

Tomi le choca la mano y le dedica una sonrisa tensa y un poco forzada.

El cocinero y la madre de Tomás lo siguen con la mirada mientras atraviesa el campo para reunirse con sus compañeros en el vestuario.

—Quiero darle las gracias por el modo en que ha defendido a Tomi y por las hermosas palabras que ha pronunciado —dice la señora, que hasta ese momento no había abierto la boca.

A la madre de Tomi no le gusta hablar delante de tanta gente. En realidad, en general no le gusta hablar. Quizá por eso trabaja de cartera: entrega las palabras de los demás, palabras escritas que no hacen ruido.

Lucía es una mujer joven, muy cariñosa. Reparte las cartas en bicicleta. Le gusta pedalear, sobre todo en invierno, porque cuando siente frío en los ojos le parece estar de nuevo entre las montañas donde nació y donde siempre hay tanto silencio. No logra comprender cómo le puede divertir tanto a su marido tocar los platillos en la banda de los conductores de autobús: qué ruido hacen...

—Si me quiere dar las gracias de verdad —responde Champignon—, le diré cómo puede hacerlo: venga esta noche con su marido y Tomi a mi restaurante. Se me ha ocurrido una idea y quiero comentársela. Serán mis invitados de honor.

—Se lo agradezco, pero esta noche Armando trabaja. Podemos ir mañana, si le va bien... —responde Lucía sonriendo.

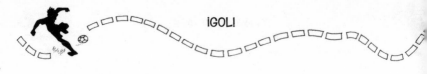
—¡Perfecto! Les espero mañana por la noche. Hoy empezaré a preparar las flores para sus platos.

Al día siguiente, a las nueve de la noche, la familia de Tomi entra en el restaurante Pétalos a la Cazuela, que está lleno a rebosar, como de costumbre, porque la carta florida de Gaston Champignon también ha tenido éxito en Madrid. La señora Sofía da la bienvenida a sus huéspedes con una amplia sonrisa, y les indica una mesa junto a la ventana, el mejor sitio del local, que su marido ha reservado para ellos. Luego se aleja, después de hacerles una pequeña reverencia y un gesto muy elegante con la mano. Se nota que ha sido bailarina.

Naturalmente, en el centro de la mesa hay un espléndido jarrón con flores de todos los colores.

La camiseta de Tomi también es de muchos colores: amarillo, azul marino, azul claro, y tiene un escudo de tela cosido encima que lleva escrito «São Caetano», el nombre de un equipo de fútbol brasileño. Se ha puesto incluso un poco de gomina en su densa cabellera negra.

En ese momento, el señor Champignon sale de la cocina con los platos en la mano y una gran sonrisa por debajo del bigote.

—Queridísimos invitados, concédanme el honor de servirles personalmente. Para empezar, les propongo unos canapés con salmón y pétalos de rosa —exclama—. *Et voilà!*

«*Et voilà*» es otra expresión que los franceses usan a menudo y que significa «Ahí tenéis». Se pronuncia así: «*Evualá*».

Tomás observa divertido el pequeño sándwich de su plato, cubierto por un pétalo de rosa amarillo, mientras el cocinero explica:

—Láminas de salmón sobre rebanadas de pan negro con mantequilla y aromatizado con eneldo; la ramita que hay encima del pétalo es de equiseto. *Bon appétit, mes amis!*

—Espero que no nos traguemos una espina... —bromea el padre de Tomi, que siempre tiene una chanza en la punta de la lengua.

A veces Armando suelta algunas ocurrencias tan tontas que su mujer se pone roja como un tomate. A Tomás, en cambio, siempre le hacen gracia.

Después de los canapés comen pasta al atún y a la amapola, luego filetes de merluza con salsa de azafrán y jazmín, y para acabar un sorbete de saúco. Una cena verdaderamente exquisita.

37

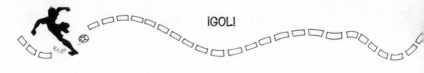

Armando aplaude con entusiasmo, como cuando escucha a su intérprete favorito sentado en el sofá.

—¡Señor Champignon, se merece usted un florilegio de cumplidos! —exclama.

El cocinero se quita el sombrero y hace una reverencia de agradecimiento que hace sonreír también a los que están sentados a las mesas de al lado. Luego él y su mujer se sientan con ellos. El padre de Tomi habla de su pasión por las maquetas de barcos, que están constantemente en peligro de irse a pique por los pelotazos de su hijo.

La señora Sofía sonríe.

—Conozco el problema. En clase tengo a unas gemelas temibles, que en lugar de bailar con la pelota se ponen a darle patadas. Hace poco rompieron una vidriera...

Finalmente toma la palabra Gaston Champignon:

—Ha llegado el momento de que les hable de mi idea. —Se vuelve hacia Tomi—. Quiero crear un nuevo equipo de fútbol, en el que tú serías el delantero centro y el capitán.

Tomi, sorprendido, mira a su madre y luego contesta:

—Pero si yo ya juego en los Tiburones Azules...

—Ya lo sé, te he visto. Pero en ese equipo juegas poco y te diviertes todavía menos. Yo quiero crear un equipo en el que puedan jugar y divertirse todos, hasta los reservas. Intentaremos ganar, por supuesto, seremos los mejores, te lo aseguro, pero nuestro primer objetivo será entrenarnos y divertirnos, pasarlo bien, como entre amigos de verdad.

—¿Y usted hará de entrenador?

—Claro. Me apetece un montón volver a los campos de fútbol.

—Y, aparte de mí, ¿quiénes serían los demás jugadores?

—De momento, nadie —contesta el cocinero.

—Entonces montad un equipo de tenis, así contigo bastará... —dice el padre de Tomi sonriéndole.

—El equipo lo crearemos tú y yo —explica Gaston a Tomi—. Estamos en mayo, el campeonato vuelve a empezar en otoño. Tenemos todo el verano para encontrar jugadores, entrenarnos, jugar partidos amistosos y prepararnos para la próxima temporada.

—Pero todos los amigos que tengo que juegan bien ya están en los Tiburones Azules o en los Diablos Rojos —responde Tomi.

—¿Es que al fútbol solo pueden jugar los buenos?

—Si queremos ganar y ser los mejores, como dice usted, creo que necesitaremos jugadores buenos.

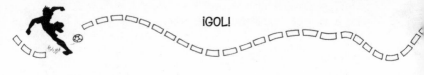
—Ahí es donde te equivocas, Tomi. Piensa en la cena de hoy. ¿Has comido bien?

—De fábula.

—Si ayer te hubiera dicho: «Tomi, ven a mi restaurante, que te daré de comer rosas, jazmín y flores de saúco», seguro que habrías pensado: «¡Qué asco! Las flores no son para comer, sino para poner en jarrones». En cambio, como ves, te han gustado. Pues en el fútbol pasa lo mismo: todo consiste en saber combinar los ingredientes. Todo el mundo es capaz de hacer buenos platos con carne y pescado. Prepararlos con geranios y margaritas solo lo pueden hacer los mejores cocineros, dicho sea con toda modestia... Y lo mismo ocurre con el balón: los mejores entrenadores son capaces de formar equipos buenos aunque no tengan campeones. Por ejemplo, ayer en el partido había dos chicos con una pancarta que te animaban a grandes voces, ¿no son amigos tuyos?

—Son mis mejores amigos: Nico y Fidu —replica Tomi con una sonrisa—. Nico es un empollón, y a Fidu le gusta más la lucha libre que el fútbol...

—Sé lo que estás pensando —dice Gaston Champignon—: «¡Este cocinero extravagante no querrá meter en mi equipo a un empollón y a un gordinflón!».

Pero acuérdate de la idea que tenías de las flores antes de probarlas. ¿Qué piensas de las ortigas?

—Que es mejor no cogerlas con las manos, porque
pican.

—En cambio, yo te aseguro que son excelentes para
preparar un guiso de arroz. Cuando tú piensas «empollón», yo te replico «inteligente»; cuando piensas
«gordinflón», yo te contesto «fuerte». La inteligencia
y la fuerza son ingredientes maravillosos para cocinar
un buen plato de fútbol. Mañana por la tarde tráeme a
Nico y a Fidu; quiero hacerles una prueba.

—¿Al campo? —pregunta Tomi.

—No, aquí, al restaurante. A las cuatro. Os espero
en la cocina.

Tomi, un poco cohibido, mira a su madre. Lucía sonríe: tiene el presentimiento de que el equipo que está
a punto de formarse le encantará.

41

4
UNA PRUEBA
CON NATA

A Nico le ha costado mucho dormir por la emoción y ha soñado que era el número 10 en la final del Mundial. Lástima que su madre lo haya despertado justo cuando marcaba el gol decisivo...

En el colegio, Nico se divierte casi más que en el cine: le gustan todas las asignaturas y, cuando hace los deberes de clase, está tan contento como el padre de Tomi cuando toca los platillos en la banda de los conductores de autobús. Pero esta mañana está distraído: la maestra ya le ha llamado la atención dos veces. Todos sus compañeros se han mirado sorprendidos: ¡una maestra llamando la atención a Nico!

Está distraído porque no puede pensar en nada que no sea la prueba que le harán por la tarde, de la que le habló por teléfono Tomi el día anterior.

Creyó que era una broma, porque nadie le había pedido jamás que entrara en un equipo de fútbol de ver-

42

dad. Para él, conseguir entrar sería un sueño tan hermoso como el que tuvo la noche pasada. El fútbol siempre le ha gustado un montón, casi tanto como las matemáticas, aunque se le dan mucho mejor las esferas de la geometría que las de las pelotas de fútbol, porque para hacer cálculos no hacen falta tantos músculos ni tantos pulmones.

«No será fácil pasar la prueba —piensa en casa mientras come macarrones con bechamel—. No será nada fácil», se repite después de la comida, mientras se mira las piernas delgaduchas, como dos lápices de colores. Ya lo ves en la ilustración de aquí al lado; sin esas gruesas gafas no vería de un poste a otro de la portería.

Nico prepara su bolsa de deporte con mucho cuidado. Mete dentro, bien doblados, una camiseta, las medias, los calzones y las botas de fútbol con tacos de goma, casi nuevas. Las habrá usado como mucho un par de veces. Luego se acerca a los jardines que hay cerca del restaurante de

NICO

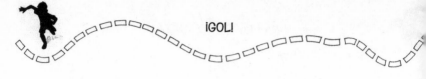
Gaston Champignon, donde ha quedado con él y con Fidu, que ya están allí esperándolo.

Tomi está peloteando con su balón blanco.

Fidu no está nada emocionado y ha dormido perfectamente, sin tener ningún sueño especial. En la escuela está distraído como de costumbre, pero solo porque intenta dar cuenta de la bolsa de patatas que tiene escondida debajo de la mesa. En su casa tardó siete segundos exactos en preparar la bolsa. Metió dentro toda la ropa al tuntún, sin doblarla, como quien tira papel usado a una papelera.

A Fidu no le preocupa la prueba, le preocupa perder el tiempo esta hermosa tarde soleada. De hecho, mientras camina ahora junto a sus amigos en dirección al restaurante, menea la cabeza poco convencido y agita la cadena de plástico que lleva al cuello.

—Pero ¿te parece normal jugar a la pelota en un restaurante? —pregunta.

—Para ti es como jugar en casa. Con tanta comida seguramente darás lo mejor de ti... —le contesta Tomi.

Nico suelta una carcajada. Fidu trata de aferrar a Tomi con una llave de lucha libre, pero este se escabulle, velocísimo. Y así, tomándose el pelo y persiguiéndose por la acera, llegan al restaurante.

44

Gaston Champignon está en la cocina arremanga-
do y con un pincel en la mano.

—¡Bienvenidos, *mes amis*!

—Pero ¿usted es cocinero o pintor? —le pregunta
Fidu mientras curiosea en torno a un plato de sopa lleno de una crema amarilla.

—Soy un cocinero pintor —responde Champignon—.
Esto no es pintura, son huevos batidos con agua, que
ahora extendemos con el pincel sobre las rositas. *Voilà!*
Ahora unto las rosas en azúcar y las pongo a secar. Luego las colocaré sobre las cestitas de merengue con nata
montada, y este exquisito postre estará listo para servir.

—¿Y cuánto tardan en secarse?

Tomi y Nico se dan un codazo, disfrutando del espectáculo de su amigo Fidu, que se come con los ojos
las rositas glaseadas.

—No te preocupes, Fidu —responde sonriendo el
cocinero—. Vuestros bollos ya están listos. Os están
esperando. Por favor, sentaos.

Los tres chicos se dan la vuelta y ven tres platitos
con sus tres cestitas de rosas glaseadas con merengue
a la nata montada sobre una mesa puesta junto a los
fogones. Parecen pequeños nidos blancos con pajari-
tos de azúcar.

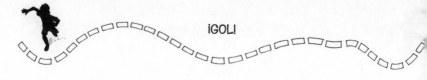

—¡Estas son las pruebas que me gustan! —exclama Fidu abalanzándose sobre la silla.

—Creo que vas a superarla con sobresaliente... —le dice Tomi.

Gaston Champignon se sienta con ellos.

—Bueno, chicos, mientras coméis os explicaré mi proyecto. Como os habrá dicho Tomi, quiero crear un equipo de fútbol para participar en el próximo campeonato. Yo seré el entrenador, y vosotros, si queréis, seréis mis jugadores. En eso consiste la prueba: tenéis que decirme si os gusta la idea o no.

Nico, que tiene restos de merengue hasta en las gafas, le pregunta un poco extrañado:

—¿No quiere ver antes qué sabemos hacer?

—No —responde el cocinero—, las bolsas que habéis traído no sirven para nada. Para entrar en mi equipo basta con tener entusiasmo y ganas de divertirse. Quien no juegue bien ya aprenderá. Lo primero que debemos tener claro, ante todo, es la utilidad que puede tener cada uno de vosotros para el equipo.

El señor Champignon se levanta y, de una repisa, coge una pequeña pizarra en la que ha escrito con tiza los ingredientes de la tarta Sacher con violetas. Borra todo con una esponja y vuelve a la mesa.

—El equipo se desplegará en el campo de esta manera: un portero, dos defensas, tres centrocampistas y un delantero.

Dibuja un terreno rectangular en la pizarra y puntitos blancos numerados que corresponden a los siete jugadores. Debajo del puntito más avanzado, el delantero número 9, escribe el nombre de Tomi.

—Tomás será nuestro delantero centro. Tenemos que encontrar otros seis jugadores. Veamos a quiénes tenemos. De momento —prosigue el cocinero indicando el puntito número 10—, me hace falta un director de juego muy inteligente, que podría ser Nico.

A Nico le da un ataque de tos: la emoción le ha hecho atragantarse con una rosita. ¡Número 10! El número de Messi y de Ronaldinho... ¡El número de los mejores jugadores!

Fidu, en cambio, se echa a reír.

—Nunca se ha visto a un número 10 con dos palillos por piernas...

El propio Tomi está un poco perplejo. Nico es un gran amigo, lo quiere muchísimo, pero no consigue verlo de 10.

Gracias a los pases perfectos de Mirko, el número 10 de los Tiburones Azules, Tomi ha marcado tonela-

47

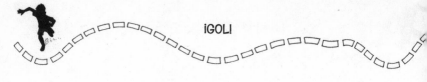
das de goles. También el 10 de los Diablos Rojos es buenísimo, regatea de manera excepcional, pasa por encima de los adversarios como si fueran bolos. Tomi se pregunta cómo podrá Nico enfrentarse a enemigos tan fuertes y si, sin los pases de Mirko y Julio, él podrá meter tantos goles.

Gaston Champignon les enseña su reloj de pulsera.

—Mira, Fidu, si yo le quitara la correa, el reloj seguiría funcionando. Si en lugar de eso le quito un mecanismo diminuto que tiene dentro, las agujas se detienen, porque el mecanismo es mucho más importante que la correa. No es la dimensión de las cosas lo que determina su utilidad. Nos hace falta un número 10 que utilice más la cabeza que las piernas: no es él quien debe correr; él debe hacer correr la pelota.

—De hecho, Baggio decía siempre: «La pelota no suda, los jugadores, en cambio, sí» —remacha Nico, que se ha animado.

—Exacto —prosigue el cocinero—. Nico deberá recibir el balón de los defensores y pasarlo enseguida al delantero que esté menos vigilado. No hace falta que corra mucho, lo importante es que piense deprisa y que comprenda de inmediato cuál es el mejor pase que puede hacer.

—Daré pases veloces y en línea recta, porque la geometría nos enseña que la recta es la línea más corta para unir dos puntos —sigue Nico, que a estas alturas ya está casi convencido de que puede ser un buen número 10.

—*Superbe!* —exclama monsieur Champignon.

—Y será bueno pasar la pelota deprisa a los números 7 y 11, que irán corriendo por las bandas y cederán el balón a Tomi —añade Nico—. Las mayores batallas de la historia, desde la antigua Roma hasta Napoleón, se ganaron empleando maniobras envolventes.

—*Superbe! Superbe!* —exclama de nuevo el cocinero—. ¡Un número 10 que sabe de historia y geometría es lo máximo que se puede pedir! Nico será el pequeño mecanismo que hará girar a la perfección nuestro reloj. Prueba superada.

En la pizarra, bajo el número 10, escribe el nombre de Nico.

—Naturalmente, los próximos meses tendrás que entrenar mucho con el balón, porque el fútbol no se juega solo sobre la pizarra... ¿Qué tal te apañas con los pies?

Nico hace una mueca forzada, como Fidu cuando le preguntan en clase.

49

—Bueno...

—Veamos —dice el cocinero, cogiendo una silla y llevándose la pizarra—. Vamos al patio.

Gaston Champignon coloca la silla a unos diez metros de distancia y luego vuelve con los chicos. Le pide el balón a Tomi y se lo entrega a Nico.

—Ahora, apunta y trata de hacer pasar la pelota entre las patas de la silla.

Nico coloca el balón en el suelo, restriega los gruesos cristales de sus gafas negras con un pañuelo, coge carrerilla y dispara.

Ya sea por la emoción o por la falta de entrenamiento, la pelota, golpeada con la punta del zapato, no roza siquiera la silla, sino que se eleva y vaga extrañamente por el aire, como una mariposa, antes de caer sobre una gran olla de la que sale despavorido el pobre Cazo, que, como de costumbre, estaba soñando con peces y ratones.

Tomi se pasa la mano por el pelo. Fidu se tapa la boca para no echarse a reír.

Nico se rasca la punta de la nariz.

—Efectivamente, me hace falta un poco de entrenamiento...

Champignon lo tranquiliza:

—No pasa nada. Tus pies tienen que hacer los deberes, eso es todo. Y no hay mejor maestro que la querida y vieja pared. Todas las tardes tendrás que ponerte frente a una pared y pelotear media hora primero con un pie y luego con el otro. Así, como hago yo: un golpecito con el pie derecho, otro con el izquierdo, recogiendo la pelota cada vez que rebote en la pared. Ya verás cómo al final tus pies se volverán expertos y tendrán buena puntería.

El cocinero detiene el balón bajo la suela de su zapato. Lo levanta con la punta del pie y tras un toque elegante lo recoge con la mano.

—Y ahora le toca a Fidu —dice—. Como eres grande y corpulento, creo que podrías ser el pilar de la defensa, nuestro número 5. Los delanteros enemigos rebotarán contra ti como las olas contra los escollos. Veamos qué tal se te da. Tomi, coge el balón, y tú, Fidu, intenta quitárselo.

Tomi coloca la pelota en el suelo, Fidu se le acerca y trata de quitársela alargando la pierna derecha, pero Tomi, rapidísimo, aparta la pelota y lo supera con una finta. Pero el regate no le sale del todo bien porque Fidu, al ver escapar a Tomi, lo agarra por los hombros y lo levanta por encima de la cabeza.

51

—Ya está —dice Fidu, satisfecho—. Ahora el balón lo tengo yo.

Tomi se lamenta y patalea en el aire.

—¡Déjame bajar, oso asqueroso!

Gaston Champignon se quita el gorro y se rasca la cabeza.

—Creo que el árbitro te pitaría falta. En el fútbol está prohibido levantar por el aire a los adversarios.

Fidu deja a Tomi en el suelo.

—Qué lástima. Deberían añadir esta regla, y el fútbol sería casi tan divertido como la lucha libre.

El cocinero se vuelve a poner el gorro.

—Probemos otra vez.

Tomi, con la pelota pegada al pie, logra regatear de nuevo a Fidu, que esta vez salta sobre su amigo y lo inmoviliza en tierra.

—¡Listo! ¡Balón recuperado! ¡Y sin levantarlo en el aire! ¡El árbitro no puede decirme nada! —exclama feliz.

—Pues yo creo que tendría muchas cosas que decirte antes de expulsarte del terreno de juego —le advierte el cocinero.

—Pero ¡si en lucha libre los jugadores se suben a las cuerdas del ring, se lanzan sobre sus enemigos y el árbitro no dice nada!

Tomi, sepultado bajo la barriga de Fidu, grita:

—¡Apártate! ¡Pesas como un elefante, me estás asfixiando!

Ahora Gaston Champignon se acaricia el extremo derecho del bigote. Y, como ya sabes, eso significa que ha tenido una buena idea.

Coge un cubo de basura, lo deja a un par de metros de la silla y llama a Fidu:

—Así que a ti te gusta tirarte por el suelo como los luchadores de lucha libre...

—Puede estar seguro, señor. Me gusta un montón y medio, porque solo un montón es poco...

—Entonces hagamos una cosa: ahora tu adversario intentará pasar entre la silla y el cubo. Tú tendrás que detenerlo de cualquier manera, incluso con un placaje. El árbitro no podrá decir nada. El Pirata es un enemigo temible, ¿te atreves?

Fidu da la vuelta a la gorra, se baja la visera sobre los ojos y pone cara de tipo duro.

—No tengo miedo de nada.

El cocinero se saca del bolsillo del pantalón un rotulador negro y dibuja en el balón de Tomi dos ojos, uno de ellos vendado, dos orejas de las que cuelgan sendos anillos, una nariz corva y una boca con solo tres dientes.

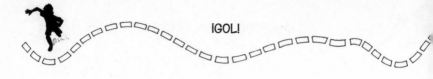

—Míralo bien, Fidu, y prepárate: ¡el terrible Pirata está a punto de llegar!

Fidu adopta una pose de luchador, con las piernas ligeramente arqueadas y los brazos separados, como si realmente tuviera que hacer frente al ataque de un enemigo. El cocinero retrocede una decena de metros y dispara con potencia la pelota entre la silla y el cubo. Fidu se lanza volando hacia la derecha, aferra el balón-Pirata con las dos manos y la baja al suelo lanzando un alarido de guerra.

—*Superbe!* —exclama el señor Champignon, aplaudiendo.

Tomi se ha quedado con la boca abierta.

—Fidu, a lo mejor no te has dado cuenta, pero acabas de hacer una gran parada —comenta luego.

—¿Quién, yo? —replica sorprendido Fidu.

Gaston Champignon coge la pizarrita y bajo el puntito que lleva el número 1, el del portero, escribe: «Fidu». Prueba superada.

54

5
UN ESTANQUE LLENO DE DUDAS

Han pasado algunos días desde la prueba en Pétalos a la Cazuela. Tomi, Fidu y Nico van camino de la escuela. Son los últimos días de clase. El sol calienta tanto que parece puesto adrede en el cielo para anunciar a los chicos que las vacaciones están a la vuelta de la esquina. Por eso, aunque tendrán que enfrentarse a los exámenes finales, cuyos resultados irán a parar directamente a las notas, nadie está demasiado preocupado. Basta con pensar en una ola marina, y el miedo a los exámenes se desmorona como un castillo de arena...

En realidad, como ves, Tomi y Fidu van alegres, riendo y bromeando sin parar. Lo raro del caso es que también Nico se ríe. Normalmente, cuando se acerca el final del año escolar, Nico se pone melancólico. Ya te lo he explicado: estar en clase, escuchar las lecciones y aprender muchas cosas le gusta de verdad, mientras que durante las vacaciones siempre acaba aburriéndose.

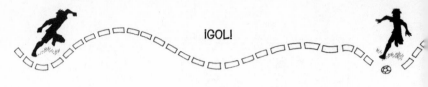
Pero este año no. Este año es completamente diferente, porque Nico se ha convertido en el número 10 de un equipo de fútbol de verdad. Este año el verano será un largo y apasionante entrenamiento a la espera del próximo torneo: ¡su primer campeonato!

Todo lo contrario al aburrimiento...

Nico está tan exaltado por esa novedad que, de camino al colegio, sigue contando a sus amigos los progresos que han hecho sus chutes gracias a la pared del patio y a los deberes que le ha puesto el cocinero.

—Ayer acerté a un jarrón de flores desde por lo menos diez metros. La portera me persiguió con la escoba... —explica.

—¿Y por qué no apuntaste a otra cosa? —le pregunta Tomás.

—Porque estaba seguro de que era imposible que le diera. En cambio, acerté de lleno... No me lo esperaba.

Se echan a reír.

Delante de la puerta de la escuela de secundaria se encuentran a César, Julio y Sergio, que hablan de la final. El capitán de los Diablos Rojos saluda a Tomi:

—¡Nos hiciste pasar mucho miedo con tus goles! Jugaste realmente fenomenal. Menos mal que tu entrenador solo te dejó jugar cinco minutos...

—Gracias, Sergio —responde Tomi, orgulloso de recibir cumplidos de un adversario tan temible—. Tú también jugaste muy bien. Y, por desgracia para nosotros, tu entrenador te dejó jugar el partido entero...

Julio le da una palmada en el hombro.

—Pero el curso que viene el campeonato lo ganaremos nosotros, ¿a que sí?

—Me juego el autobús de mi padre a que sí —dice Tomás sin dudarlo—. ¡Los Tiburones Azules no perderán un solo partido!

Se despiden. Sergio recoge la mochila y entra en el cole junto con César y Julio.

Tomás, Fidu y Nico siguen andando hacia las aulas de primaria. Los tres van a la misma clase, 5.º B.

Nico está perplejo y no puede evitar preguntar:

—Tomi, ¿por qué no le has dicho que en el próximo curso jugarás con nosotros y no con los Tiburones?

Tomi está un poco turbado.

—Porque debe ser un secreto. Cuando estemos listos, les daremos una sorpresa a todos.

A Fidu la respuesta no parece convencerlo. Mira a Nico y dice:

—O quizá lo ha dicho porque ya sabe que el próximo año volverá a jugar con los Tiburones. Es lógico,

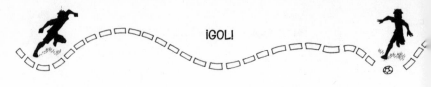
Tomi es un campeón. No puede estar en el mismo equipo que unos patosos como nosotros...

—¡No es verdad! —se enfada Tomi—. Ni se me ha ocurrido.

—Entonces, ¿por qué no quieres entrenarte con nosotros en los jardines? —le pregunta Nico—. Pelotear contra una pared es útil, sí, pero sería mucho más divertido pasarnos la pelota entre los dos; así, si me equivoco al chutar, tú me puedes corregir y darme buenos consejos.

—Nico tiene razón —continúa Fidu—. Si tengo que ser portero, necesito que alguien me entrene disparando a puerta. A lo mejor lo que pasa es que te da vergüenza que tus amigos de los Tiburones te vean jugando con nosotros.

—¡No es verdad! —rebate una vez más Tomás—. No me da vergüenza. Sois mis mejores amigos.

Fidu se detiene de repente delante de la puerta de la escuela.

—Escúchame bien: Nico y yo empezaremos a entrenar esta misma tarde en los jardines. ¿Vendrás con nosotros?

La mirada seria de Fidu y las grandes gafas de Nico apuntan a Tomi, que parece inquieto, como cuando has olvidado la respuesta correcta o te falta valor para contar una mentira. Luego responde:

—Hoy no puedo.

Al salir del colegio, Tomás ve a Fidu y a Nico, que ya están al final de la calle. Regresan a casa sin esperarlo.

Vuelve solo.

Mientras comen, Tomi se lo cuenta todo a su madre. Está muy confuso y tiene unas extrañas ganas de llorar. Ni siquiera *Los Simpson*, su gran pasión, le hacen reír.

Lo logra en parte su madre poniéndole en la cabeza la gorra de su uniforme de cartera.

—No debes sentirte culpable por preferir a los Tiburones —le dice—. Nico y Fidu son amigos tuyos y aceptarán lo que tú decidas, pero debes ser sincero con ellos, porque de lo contrario creerán que les has tomado el pelo. Fuiste tú quien les propuso la prueba del señor Champignon. ¿Realmente quieres formar parte de ese equipo? Eso es lo que tienes que decidir lo antes posible. Piénsalo bien y, cuando hayas tomado una decisión, comunícasela a tus amigos y al señor Champignon. Es más, estoy segura de que una charla con Gaston te ayudará a tomar la decisión adecuada.

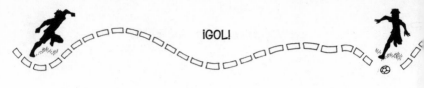
Su madre no habla mucho pero, para dar un buen consejo, encuentra siempre las palabras apropiadas.

Después de lavarse los dientes, Tomi baja al restaurante. Los camareros le dicen que el cocinero se ha ido al mercado de las flores y que volverá hacia las cinco, de modo que se va al patio a coger la bici y decide dar una vuelta al parque. Su madre le ha contado que, cuando pedalea y el viento le da en la cara, se imagina que está en medio del silencio del campo.

Tomi piensa que el aire puro del campo le ayudaría a tomar la decisión correcta. Por eso, de pie sobre los pedales, se lanza en dirección al parque del Retiro, con el aire fresco acariciando su rostro.

Siempre que va al parque, se guarda en el bolsillo una pelota hecha de miga de pan para los peces del estanque.

Le gusta ver cómo suben a la superficie para picotear el pan, parecen pequeños futbolistas saltando para golpear con la cabeza las bolitas de miga. Sentado sobre el muelle de madera con las piernas colgando, espera que tarde o temprano aflore también la respuesta correcta.

En medio del estanque, una pequeña lancha roja teledirigida zumba como un abejorro. Las dudas que le rondan desbocadas por la cabeza hacen el mismo ruido: «¿Qué hago? ¿Me divierto con mis amigos o gano con los Tiburones? ¿Entro en el nuevo equipo del señor Champignon, que es muy simpático y siempre me deja jugar, o me quedo en los Tiburones, donde puedo exhibirme ante el observador del Barça, aunque Charli me deje jugar muy poco?».

Después de arrojar al agua la última miga, Tomi se levanta y coge su bici. A la superficie solo han subido peces rojos; ninguna respuesta útil.

Antes de volver al restaurante, decide pasar por los jardines. Se para a unos cincuenta metros y se esconde tras la cabina de teléfonos, para que no lo vean sus amigos, que se están entrenando.

A Tomi no le hace ninguna gracia ver cómo la banda de ese chulo de Pedro se burla de sus mejores amigos. Le gustaría cruzar la calle y explicarle a Nico cómo hay que chutar un balón y aconsejar a Fidu que antes de atrapar una pelota ponga siempre una rodilla en tierra, para evitar que se le cuele entre las piernas. Los porte-

61

ros de verdad siempre clavan una rodilla en el suelo para detener los disparos rasos, hasta los más fáciles. Pero le falta valor. Tiene miedo de que Pedro, el hijo del entrenador, le pregunte en qué equipo tiene previsto jugar el próximo campeonato, porque todavía no lo ha decidido.

FIDU SE PREPARA PARA UNA NUEVA PARADA.

NICO QUIERE LANZAR CON EFECTO, PERO LE SALE FATAL...

... Y EL BALÓN VA A PARAR AL TECHO DE UN COCHE AMARILLO.

IJA, JA, JA, JO, JO, JO, JI, JI, JII

A LA BANDA DE PEDRO PARECE HABERLE DADO UN ATAQUE DE EPILEPSIA.

De no haber sido por un chico rubio, que realiza un *sprint* vertiginoso y logra detenerlo, quién sabe dónde habría acabado el balón.

El rubio vuelve al semáforo donde limpia los cristales de los coches, mientras pelotea con los pies y la cabeza, antes de devolver el balón a Nico con un derechazo potente y sumamente preciso.

«Así es como se golpea una pelota —piensa Tomi, admirado— y no con la punta del pie, como hace siempre Nico.»

Le entran otra vez ganas de cruzar la calle para explicárselo a su compañero de clase. No soporta que sus dos mejores amigos se pongan en ridículo de esa

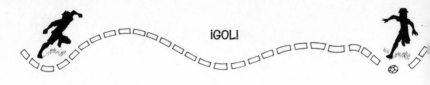
forma delante de todos. Pero una vez más le falta valor. Da la vuelta con la bici y regresa al restaurante.

Gaston Champignon está aclarando unos pétalos rojos en el fregadero.

—He encontrado unos claveles preciosos —le explica—. Perfectos para servir con queso. Pero tú no has venido a comer, ¿verdad?

Tomás se encoge de hombros.

El cocinero se seca las manos en el delantal blanco y se sienta a la mesita que hay junto a los fogones.

—Cuéntamelo todo, *mon capitaine*, que en francés significa «mi capitán».

Tomi le habla de su encuentro con Sergio y Julio delante de la escuela, de las dudas de Nico y de Fidu, de la conversación que ha tenido con su madre, del entrenamiento en los jardines...

—Si un amigo se enfada porque tú no juegas en su equipo, eso quiere decir que no es un amigo de verdad —empieza Champignon—. Pero estoy seguro de que Fidu y Nico son buenos amigos, por eso no cambiará nada si tú decides no jugar con ellos. Tu madre tiene razón: lo importante es que siempre digas claramente lo que piensas. Y que no se te pase por la cabeza que a mí me pueda molestar tu decisión. Si sigues jugando en los Tiburones, yo seguiré siendo tu mejor hincha, pero...

—¿Pero? —lo apremia Tomi.

—Pero piénsatelo bien. Mi amigo Platini, el mayor futbolista francés de todos los tiempos, jugaba en un pequeño equipo que se llamaba Saint Étienne. Y llevó a su equipito hasta la final de la Champions, por lo que se convirtió en un héroe. Es mucho más honroso conducir hasta la victoria a un equipo pequeño que a uno grande, lleno de campeones, como el Manchester, el Ajax o el Real Madrid. Cuanto más difícil sea la empresa que te propongas, más satisfecho estarás y más apreciado serás cuando triunfes.

—Pero los observadores de los equipos grandes van a ver a los chicos de los Tiburones y de los Diablos porque saben que en ellos juegan los mejores. Por ejemplo, el año que viene Sergio jugará en el Madrid.

El cocinero le hace una seña negativa con su cucharón de madera.

—Mi Platini jugaba en el pequeño Saint Étienne y acabó en el gran Juventus. Y luego piensa otra cosa: si estás rodeado de muchos compañeros de primer nivel,

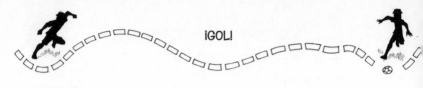
será más difícil que se aprecie que tú también juegas bien. Sobre todo si te hacen chupar banquillo... Si en un plato se ponen demasiados ingredientes fuertes, es difícil distinguirlos todos. Pero en un guiso de arroz al azafrán, nadie tiene dudas: manda el azafrán, es el gusto dominante. De modo que, si quieres, tú serás el azafrán de mi nuevo equipo. Serás el ingrediente principal y verás cómo los observadores de los equipos grandes no tardarán en ponerte a prueba...

Tomi sonríe.

—Y que quede claro —prosigue el cocinero—: es cierto que nuestro objetivo principal será divertirnos, pero eso no significa que yo no tenga ganas de ganar, ni mucho menos. Cuando cocino no me conformo con echar flores a la olla, sino que aspiro a que mis platos sean buenos, ¡a que triunfen! Y de hecho, sin falsa modestia, si en París y en Madrid la gente hace cola para comer en mi restaurante, será porque soy un cocinero triunfador, ¿no te parece? Pero ahora vámonos, que es tarde. Creo que he encontrado a nuestros dos defensas y te los quiero presentar, *mon capitaine.*

6
COMO
UN CARILLÓN

Tomás sube al pequeño coche de Gaston Champignon, uno de esos vehículos de dos plazas que están de moda en las ciudades porque son fáciles de aparcar. Es azul, con el logo del Pétalos a la Cazuela estampado en las puertas, y rosas rojas pintadas por todas partes. A decir verdad, hay coches más cómodos, sobre todo para un hombretón como nuestro cocinero. Para poder encajarse entre el asiento y el volante casi debe contener el aliento.

Tomi tiene ganas de reír porque le viene a la cabeza un chiste que le contó su padre: «El señor Champignon en coche me recuerda a aquel elefante que quería entrar en una cabina de teléfonos». «¿Y lo consiguió?», preguntó Tomás. «Sí, pero no llevaba suelto...»

Tomi, sentado en el sofá, soltó una carcajada, mientras su madre, que preparaba la mesa, lanzó una mirada de reprobación a su marido.

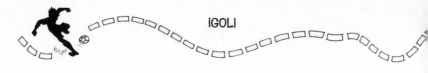

—Me cuesta distinguir cuál de vosotros tiene diez años y cuál cuarenta...

En un cruce cercano a los jardines, el cocinero baja la ventanilla y saluda al chico rubio que le está limpiando los cristales, aprovechando que el semáforo está rojo. Tiene la cara sucia y los pantalones descosidos.

—¿Ha sido un buen día, Becan? —pregunta el señor Champignon.

—Más o menos —responde el chaval, quitando la espuma del parabrisas—. La gente prefiere llevar los cristales sucios. No sé por qué.

—Yo te lo explico —apunta el cocinero—: porque así se pueden meter un dedo en la nariz sin que nadie los vea desde fuera...

El rubio sonríe, coge la moneda, se la mete en el bolsillo y da las gracias con una pequeña inclinación. Saluda también a Tomi, que le responde con la mano.

Hay mucho tráfico. Es la hora punta en que todos vuelven del trabajo a casa. Pero el minicoche de Champignon logra meterse por todas partes, como el pequeño Tomás cuando en el campo se cuela entre las piernas de defensas que son el doble de grandes que él.

68

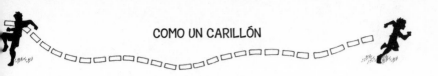
A los pocos minutos llegan a su destino.

—Ya estamos —dice el cocinero apagando el motor.

Entran en un edificio, cogen el ascensor, suben hasta el último piso y recorren un largo pasillo siguiendo una flecha que indica «Sala de baile».

A medida que se van acercando oyen un ruido que va creciendo en intensidad: parece que estén lanzando balonazos contra una pared. Balonazos y gritos de guerra.

Tomi y Gaston se detienen delante de una cristalera, tras la cual hay una gran sala con las paredes cubiertas de espejos. En cada espejo hay una barra de madera. En la sala solo hay dos chiquillas idénticas, seguramente gemelas, que luchan por una pelota roja. Tomás intuye enseguida las reglas del juego: han puesto dos mochilas en el suelo, que sirven de portería para las dos. La que se hace con el balón ataca y trata de meter gol entre las dos mochilas, la que no tiene el balón defiende y trata de quitárselo a la otra. Las dos son pelirrojas y llevan tutú.

Tomás se queda impresionado por la ferocidad con la que combaten. Será por los espejos, que multiplican su imagen, o será por el alboroto que montan, pero aquello parece un partido de once contra once...

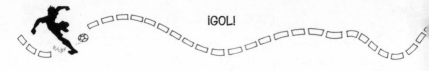
La que lleva trenzas ha recuperado la pelota y mira su reflejo en un espejo. Tomi ha comprendido lo que se propone: deshacerse de la gemela haciendo rebotar la pelota contra el espejo y recogiéndola a sus espaldas. Una triangulación inteligentísima. Pero, cuando ya está a punto de disparar la pelota entre las mochilas, la que lleva una diadema, que ha sido driblada, se lanza al suelo deslizándose y hace caer de culo a la otra gemela.

—*Superbe!* —aplaude Champignon.

—¡Ha sido falta! ¡Falta! —grita la chica que se encuentra en el suelo.

LARA Y SARA

—¡Hemos dicho que no hay faltas! —replica su hermana, que ha salido corriendo hasta el fondo de la sala y ahora se dispone a atacar. Pero, antes de que pueda decidir qué regate va a hacer, la arrolla la otra gemela, que se ha lanzado contra ella como un tren.

—*Superbe!* —exclama de nuevo el cocinero.

Tomi no ha visto nunca nada igual. Tiene la boca abierta. Dos tigresas muertas de hambre en una jaula no lucharían con tanto ardor por un chuletón.

De repente entra la señora Sofía y secuestra la pelota poniendo la misma cara que la portera de Nico, una cara que no tiene nada de reconfortante.

—Señoritas, ¿tengo que recordaros por enésima vez que no estamos en el Santiago Bernabéu, sino en una clase de baile? ¡Id a acabar de prepararos!

Las gemelas se van a recoger las mochilas con la cabeza gacha y luego se dirigen al vestuario. Champignon abre la puerta y prácticamente empuja a Tomás al interior.

—Señoritas —anuncia—, él es Tomás, del que ya os he hablado.

La chica de las trenzas sonríe con entusiasmo.

—¿Nuestro capitán? Encantada, yo soy Lara. ¡Chocha esos cinco!

Tomi, un poco azorado, golpea la mano abierta de la primera gemela y luego la de la segunda, que también se presenta:

—Encantada, capitán. Yo soy Sara. ¿Cuándo empezamos a entrenar?

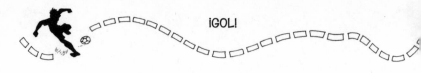
Tomi mira al cocinero en busca de ayuda. Gaston encoge los hombros, como diciendo: «Eres tú quien debe decidir, esta vez te las tienes que apañar solo».

—Bueno... no sé —balbucea Tomás—. En realidad... yo nunca he jugado al fútbol con bailarinas...

Las gemelas se convierten de pronto en las dos tigresas de hace un momento. La sonrisa se transforma en una mirada desafiante. Sudadas como están parecen todavía más enfadadas...

—Amigo, no somos bailarinas. ¡Somos futbolistas que bailan por obligación! —dice Lara.

—Y si no nos quieres en tu equipo, encontraremos otro capitán. ¡Y esperamos tenerte pronto como adversario! —añade Sara.

Se dan la vuelta y se dirigen a paso de carga hacia el vestuario.

El capitán se ha quedado mudo. Champignon tiene ganas de reír, pero se contiene.

—Pero si son chicas... —dice Tomi extendiendo los brazos.

—Cuidado con repetir el error habitual, *mon capitaine* —le sugiere Champignon—. No desprecies las flores antes de haberlas probado. Estas dos chicas tienen determinación de sobra, y esa es la primera virtud

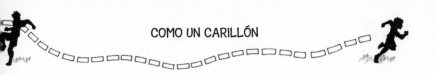

de un defensa. Recuerda la regla número uno: ¡son los buenos ingredientes los que hacen bueno el plato! Espérame un momento, que tengo que hablar con ese señor. Luego volveremos a casa.

El señor en cuestión es muy distinguido, tiene unos elegantes bigotes blancos y lleva un extraño sombrero en la mano, que recuerda al de un piloto de avión.

Tomás se queda sentado sobre un banco de madera en un extremo de la sala de baile. Está pensando: «¿Qué diría la banda de Pedro si me viera jugar con niñas? Es cierto que no hay que juzgar de antemano, pero una cosa es comer flores y otra muy distinta tener bailarinas en un equipo... El señor Champignon es simpático, pero está metiendo en la olla ingredientes un poco extraños; quizá sea mejor que me quede con los Tiburones...».

Mientras piensa eso mirándose las zapatillas de tenis con la cabeza baja, Tomi no se ha dado cuenta de que del vestuario ha salido una bailarina vestida de rosa. Sus zapatillas de baile son de lo más silenciosas. Tiene el pelo negro recogido en la nuca, como la señora Sofía. Levanta la pierna derecha y la coloca con elegancia sobre la barra de madera. Se dobla hasta tocar la punta del pie izquierdo. Son ejercicios de calenta-

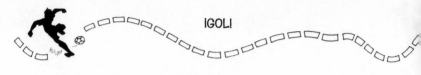

miento antes de empezar la clase. Ahora da pequeños pasos sobre la punta de los pies, levanta los brazos y junta las manos sobre la cabeza. En el espejo ve a un chico pensativo, sentado en el banco, a sus espaldas. Le pregunta sin darse la vuelta:

—¿Eres bailarín?

Tomás levanta la vista y observa encantado el rostro más hermoso que haya visto jamás en un espejo. Responde sin pensar:

—No, soy futbolista.

Le viene de inmediato a la mente el carillón de su casa. Es una caja de metal en la que su madre mete las sortijas. Cuando la abres suena una musiquilla y una bailarina se pone a bailar sobre la punta de los pies girando sobre sí misma, con las manos sobre la cabeza. Es exactamente así como la chica atraviesa la sala de baile para acercarse al banco de Tomi: girando sobre sí misma, sobre la punta de los pies y con los brazos levantados sobre la cabeza.

—Entonces, ¿tú eres Tomás —pregunta—, el capitán del equipo de Lara y Sara?

—Sí, ¿y tú cómo te llamas? —Tomi se pone de pie.

—Eva.

—Bonito nombre.

74

—Sí, a mí también me gusta, porque muchas actrices y protagonistas de películas se llaman así. Me gusta mucho el cine.

—¿Y el fútbol te gusta?

—No demasiado, pero iré a ver vuestros partidos, porque Lara y Sara son dos de mis mejores amigas. ¿Cuándo empezáis los entrenamientos?

Parece que de pronto todos los peces del estanque han salido a flote para darle a Tomás la respuesta que esperaba.

—Mañana por la tarde, en los jardines —responde con seguridad el ya ex jugador de los Tiburones Azules.

—Bueno, pues mala suerte —dice Eva con una sonrisa que a Tomás le parece hermosa como el mar en calma del verano. Y se vuelve hacia los espejos haciendo piruetas sobre la punta de los pies.

Tomi la sigue con la mirada, encantado, hasta que se da cuenta de que alguien le ha puesto la mano en el hombro; pero es una mano extraña: sin piel ni carne, solo huesos.

Se gira y se encuentra cara a cara con un esqueleto. Se pone pálido y chilla:

—¡Aaaaaahhh!

75

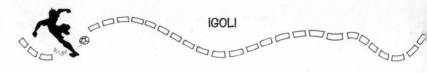

Las bailarinas, que han ido llenando el aula mientras tanto, se echan a reír.

Lara, divertida, le pregunta:

—Capitán, pero las nenitas... ¿somos nosotras o tú?

También sonríe la señora Sofía, mientras empuja el esqueleto.

—Tomi, te presento a nuestro amigo Socorro. Lo he llamado así porque, cuando lo ven por primera vez, mis bailarinas gritan: «¡Socorrooo!». Esta es la broma que gastamos siempre a las nuevas alumnas.

Tomás ha recuperado el color.

—Pero ¿usted también enseña a bailar a los muertos?

—No —responde la señora Sofía cogiendo un pie del esqueleto y alzándolo hasta la calavera—. Socorro me sirve para explicar a las bailarinas los movimientos correctos que tienen que hacer. A fuerza de entrenar se vuelven tan flexibles como él, hasta el punto de que pueden tocarse la nariz con la punta del pie.

SOCORRO

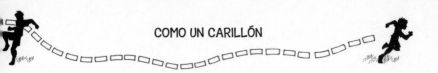
Ha vuelto también Gaston Champignon:

—Es hora de irnos, campeón.

Tomás se despide de todo el mundo. Lara y Sara lo miran como si esperaran algo. Tomi sabe muy bien de qué se trata:

—Mañana por la tarde a las tres, en los jardines, empezamos los entrenamientos. Os espero.

Durante el trayecto en coche apenas hablan. Tomi solo hace una pregunta antes de bajar para regresar a su casa:

—¿Cree que les habré parecido un cobarde a las chicas?

—Solo un poco —responde el señor Champignon.

—Hasta mañana.

—Hasta mañana, *mon capitaine*.

A la mañana siguiente, Tomás va andando al colegio junto a Fidu y Nico, como de costumbre. Delante de la puerta de la escuela secundaria se encuentran con César, Sergio y Pedro.

Pedro da un codazo discreto a César y pregunta con aire chulesco:

—¿Esta tarde dais otra sesión de circo en los jardines?

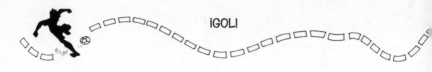

Fidu, enrabietado, está a punto de responder: «Si vienes tú, ensayaremos un número con animales...», pero se le adelanta Tomás.

—No es un circo, es el equipo que el año que viene te derrotará en el campeonato. Mi nuevo equipo. Sí, nos entrenamos también hoy, a las tres en los jardines. Te aconsejo que vengas: tienes mucho que aprender...

Es difícil decir quién pone mayor cara de asombro, si los tres chavales de la escuela secundaria o Fidu y Nico, a los que Tomi todavía no había comunicado su decisión.

Tomi pasa un brazo por encima de los pequeños hombros de su nuevo número 10 y el otro por las enormes espaldas de su nuevo portero: así es como llegan a la escuela, caminando juntos. Y después de las clases volverán a casa pasándose con los pies una lata aplastada.

Ya está decidido: formarán un equipo.

7
LA GRAN APUESTA

Et voilà!, como diría Gaston Champignon.

Estás asistiendo al primer entrenamiento de verdad del nuevo equipo creado por el cocinero, que se ha colocado en mitad de los jardines y da órdenes con su cucharón de madera. Va tocado con su infalible gorro en forma de hongo, pero para la ocasión se ha puesto también unas zapatillas de deporte blancas y un chándal azul nuevo. Además del chándal ha comprado siete balones de cuero, que de momento siguen metidos en un saco porque, para empezar, el entrenador ha ordenado diez minutos de carrera lenta.

Tomás, como buen capitán, corre en cabeza del grupito. Para que pasen más deprisa los diez minutos se pone a charlar con sus amigos, pero renuncia después de las primeras preguntas.

Nico y Fidu no le responden siquiera. No lo hacen por mala educación, sino porque les falta resuello para

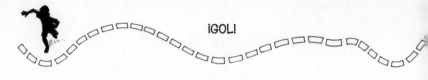

contestar. Resoplan a sus espaldas como si fueran cafeteras... Es lógico, no están tan en forma como Tomi, que ha jugado toda la temporada en los Tiburones Azules.

—¡Fidu, tengo una bombona de oxígeno! —grita Pedro desde los bancos—. ¿La necesitas?

Los amigos de Pedro sueltan una carcajada.

Fidu finge que no los oye. O a lo mejor no los oye de verdad, de tan agotado como está, con los oídos zumbándole y la cara roja como un tomate. Se arrastra bajo el sol ardiente como si la cadena de plástico que lleva al cuello pesara un quintal. Y en cuanto el cocinero-entrenador silba para señalar que se han acabado los diez minutos, se desploma a cuatro patas sobre la hierba de los jardines, con la lengua fuera.

—Me siento como un soldado de la Legión después de tres días de marcha por el desierto... Veo espejismos... camellos... agua, dadme agua...

—Menos mal que el portero no tiene que correr —responde Tomi sonriendo.

—Y que yo tengo que hacer correr el balón... —dice Nico, con goterones de sudor hasta en las gafas—. Confirmado: el balón suda mucho menos que yo.

El cocinero coge una cesta llena de botellitas de agua de su floreado coche y las va pasando a sus jugadores.

Fidu se echa un poco por encima de la cabeza para refrescarse.

—No os preocupéis, chicos —dice Champignon—. Con un poco de entrenamiento os sentiréis mucho mejor. Hace falta paciencia, como en el restaurante: los mejores platos hay que cocinarlos a fuego lento.

—Yo ya estoy bien cocido... —balbucea Fidu con un bufido.

—Lo peor ya ha pasado —le consuela el entrenador—. Ahora, vayamos a la sombra a hacer unos ejercicios para desentumecer los músculos. Empezaremos por este: estirad las piernas, doblaos hacia delante y tratad de tocar con la mano derecha el pie izquierdo. Luego levantaos y haced lo contrario: mano izquierda contra la punta del pie derecho. Así...

Gaston Champignon enseña el movimiento y los tres chicos lo repiten delante de él. No es un ejercicio difícil, pero por culpa de su barriga Fidu tiene problemas para doblarse. De hecho, con las manos solo logra llegar un poco por debajo de las rodillas.

Naturalmente, la banda de Pedro no desaprovecha la ocasión para tomarle el pelo. Gritan desde su banco:

—¡Fidu, imagínate que tienes un pastelillo en la punta de las zapatillas y verás cómo llegas!

81

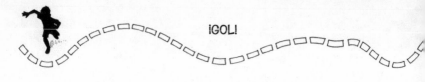
Fidu les lanza una mirada feroz de campeón de lucha libre.

—Míster, ¿puedo ir a taparles la boca a esas pulgas? —pregunta.

El cocinero le indica que no con el cucharón de madera.

—Olvídate de ellos. Haz como si no existieran.

—¡Pero me molestan y no puedo entrenar a gusto!

—Es otro tipo de entrenamiento —le explica monsieur Champignon—. Durante los partidos tendremos que ser capaces de concentrarnos exclusivamente en lo que ocurre en el campo, sin hacer caso de lo que digan en las gradas. ¿Está claro? ¿Está claro? ¡Estoy hablando con vosotros, chavales! ¿Está claro?

Nadie le contesta. Tomi, Fidu y Nico se han quedado de piedra, con la boca abierta de par en par.

Gaston Champignon se da la vuelta y comprende por qué: junto a la acera se acaba de detener un automóvil largo como una pista de tenis. Es un cochazo negro, reluciente y deslumbrante, con seis puertas, tres pares de ruedas, una estatuilla de plata con alas sobre el capó y unos cristales oscurísimos. Nadie ha visto jamás nada parecido en el barrio. Solo en el cine o la televisión.

—Tomi, ¡es más largo que el autobús de tu padre...! —comenta Nico limpiándose las gafas.

Del asiento del conductor baja un hombre con bigote blanco, gorra y guantes de piel que Tomi reconoce inmediatamente: es el hombre elegante que había visto hablar con Champignon en la escuela de baile.

El chófer abre la puerta central del coche negro, por la que bajan dos gemelas pelirrojas vestidas con calzones, camiseta, zapatillas de fútbol y gafas de sol oscuras. Se dirigen con paso decidido hacia el cocinero y le estrechan la mano.

—Perdone por el retraso, míster —se disculpa Lara, la de las trenzas—. Nuestro chófer, Augusto, hoy no está en forma y se ha equivocado de camino un par de veces.

Y a continuación chocan los cinco con Tomás.

Fidu y Nico siguen mirando sin comprender. Sabían que esa tarde llegarían dos candidatos a defensas, pero

AUGUSTO

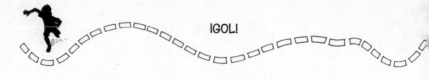

no contaban con que fueran chicas ni que desembarcaran de un coche semejante...

El primero en recuperarse de la sorpresa es Fidu, que comenta:

—A lo mejor vuestro chófer se ha vuelto a equivocar de camino. Esto es un entrenamiento de fútbol, no un concierto de rock.

Sara se quita las gafas oscuras y se queda mirándolo fijamente.

—Has hecho bien en decírmelo. Creía que era una reunión de luchadores, visto que llevas al cuello la cadena de John Cena.

—¿Conoces a John Cena? —pregunta Fidu con los ojos como platos por la sorpresa.

—Conozco a todos los luchadores de lucha libre —replica Sara colocándose la diadema en el pelo—. Y si tienes ganas de acabar tirado por el suelo, te enseño enseguida una llave.

—¡Fabuloso! ¡Una luchadora! ¡Me parece que nos vamos a entender! ¡Choca esos cinco! —dice Fidu alargando su manaza.

Sara le golpea la mano, y Lara hace lo mismo.

—Tenemos que entendernos por fuerza. Tú eres el portero, mi hermana y yo seremos las defensas; los

tres juntos formaremos la defensa del equipo. Nos hará falta mucha compenetración cuando nos ataquen los contrarios.

—¡Bien dicho, chica! —interviene Champignon—. Pero basta de hablar, pongámonos a trabajar. Que cada uno coja un balón del saco y se ponga a pelotear por su cuenta. Tú, Fidu, tira la pelota al aire y bloquéala con las dos manos por encima de la cabeza.

Las chicas se van corriendo a dar las gafas de sol al chófer Augusto, y luego cogen su balón del saco junto a sus nuevos compañeros de equipo.

Gaston Champignon observa cómo trabajan sus jugadores.

El balón de Tomás nunca toca el suelo. Derecha, izquierda, derecha, izquierda, cabeza, derecha, izquierda, muslo...

«¡Qué chaval! —piensa el cocinero con una punta de orgullo—. Es un verdadero genio, hace lo que quiere con la pelota.»

En cambio, el balón de Nico casi siempre está por tierra. Derecha, izquierda, y se le cae. Lo persigue, vuelve a pelotear, se le vuelve a caer... «Puede que le falte talento —se dice Gaston—, pero ese chico tiene muchas ganas de aprender y mejorará rápidamente.»

Las gemelas saben jugar. No pelotean tan bien como Tomi, pero se ve que tienen mucha más confianza
con la pelota que Nico. «Tenía razón mi mujer —piensa Champignon—: las dos chicas bailan mucho mejor
con pelota que sin ella...»

Es posible que Fidu no sea demasiado ágil, pero sus
manos parecen tenazas. Cuando aferra el balón, no se
le escapa nunca. «Casi como si fuera una rosita con
merengue...», piensa el cocinero sonriendo entre dientes, antes de pitar con el silbato.

—Ya está bien, chicos —les interrumpe—. Ahora
poneos por parejas con un solo balón. Lara con Sara,
Tomi con Nico. Colocaos a cuatro o cinco metros de
distancia y pasaos la pelota usando los dos pies: derecho, izquierdo, derecho, izquierdo... Pero que sean pases precisos, por favor, directos al pie de vuestro compañero.

Los chicos empiezan el ejercicio. Tomi da unos consejos a Nico, que está orgulloso de poder entrenarse
con un amigo que juega tan bien. Aprende a golpear
la pelota en el lugar adecuado, a poner el pie en la
posición correcta, a inclinar el cuerpo como hay que
hacerlo y, consejo tras consejo, sus pases se van haciendo cada vez más precisos. Le gustaría anotarlo

todo en un cuaderno, para no olvidarlo, como hace todas las mañanas con entusiasmo en el pupitre de la primera fila cuando le explican la lección.

El entrenador vuelve a pitar con su silbato.

—*Très bien!* —Que en francés significa «Muy bien»—.
Ahora haced el mismo ejercicio, pero corriendo. Acer-
caos un poco, a un par de metros de vuestro compañero, y llegad hasta el fondo del campo pasándoos la
pelota. ¡Adelante, chicos! Y, por favor, ¡pases precisos!

Concentrado como está en supervisar el ejercicio,
el cocinero no se ha dado cuenta de que Augusto ha
atravesado el campo y está a su lado.

—Monsieur Champignon, si le parece bien, mientras usted entrena a los jugadores yo podría adiestrar
a su portero. Modestamente, he sido un buen número 1.
Y, como ve, todavía trabajo con guantes...

El cocinero responde con una sonrisa:

—¡Encantado! Me hace falta un buen Ayudante.

Gaston saca del saco un balón y lo lanza sin avisar
al chófer, que lo aferra con seguridad.

—¡*Superbe*, Augusto! Reconozco enseguida los reflejos de un portero con clase. Fidu tendrá un gran maestro.

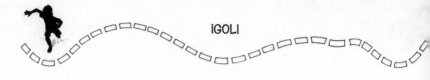
La primera lección comienza justamente con esa presa segura. Augusto muestra a Fidu las manos abiertas que tienen inmovilizado el balón.

—¿Lo ves, chico? Mis pulgares casi se tocan. De esta manera puedo frenar mejor la fuerza del tiro. Si en cambio tienes las manos más separadas y agarras la pelota como harías con un jarrón para levantarlo, puede escapársete y acabar en la red, sobre todo si es un tiro fuerte.

Fidu pone las manos sobre la pelota, acerca los pulgares y pregunta:

—¿Así?

—Perfecto —contesta el chófer—. Ahora, si te colocas entre esos dos árboles, te lanzaré varios disparos y tú bloquearás la pelota de esta manera. Bloquéala por delante de ti, no demasiado cerca de la cara, doblando ligeramente los brazos. Y dobla también un poco las rodillas, salta levemente sobre la punta de los pies para que, si tienes que tirarte, puedas hacerlo enseguida.

Fidu se quita la cadena de plástico y la deja junto a uno de los árboles que sirven de postes, gira la visera de la gorra y se la pone sobre los ojos, porque el sol ya está bajo. Bebe un poco de agua de la botellita de plástico que luego tira junto a la cadena, se pone en posición, con las piernas ligeramente dobladas, y empieza a parar los lanzamientos de Augusto.

La banda de Pedro, que, como de costumbre, se disponía a burlarse de él, se queda muda. Fidu se lanza como un gato de un poste al otro. Parece que tenga pegamento en las manos: cuando el balón se estrella contra ellas no se despega. Y cada vez que se tira al suelo sobre la pelota suelta un grito, como si derribara a un adversario en el ring.

¡Un verdadero espectáculo!

En resumen, el primer entrenamiento no podría ir mejor. Todos se han esforzado al máximo y han aprendido algo.

Y así, cuando el cocinero silba para anunciar el final de la sesión, tiene la expresión de un entrenador satisfecho.

—¿Qué tal lo hemos hecho, míster? —le pregunta Lara.

Gaston Champignon se echa a la espalda el saco de los balones y recorre al equipo con la mirada.

—¿Os habéis divertido?

—Sí —responden todos.

—Entonces lo habéis hecho bien —concluye el cocinero—. Si os habéis divertido, ha sido un buen en-

trenamiento. Pero vuestro capitán os lo explicará mejor: nuestro equipo es como un plato. Como sabéis, yo soy un gran cocinero. ¿Y cuál es, Tomi, el ingrediente principal de nuestro plato?

—La diversión —responde Tomi sonriendo.

—Así es, chicos —se despide Champignon—. ¡Hasta mañana! ¡Divertíos!

Nada más irse el cocinero con su cochecito floreado, Pedro y sus amigos se acercan a los chicos, que se están despidiendo.

—¡Eh, niñas! —pregunta Pedro—, ¿mañana volveréis a hacernos reír u os quedaréis en casa jugando con la Barbie?

Lara, que ya tenía un pie dentro del cochazo negro, se da la vuelta y acerca su nariz a la de Pedro.

—Espera que coja la cadena de Fidu y te haga cerrar esa bocaza.

También se le acerca Sara.

—¡Eh, niñato! Eso que llevas al cuello, ¿es una coleta o un ratón disecado?

Los amigos de Pedro no se esperaban una reacción semejante y se quedan inmóviles sobre sus bicicletas, a la espera del contraataque de su amigo. Tomás, como buen capitán que es, comprende que es el momento de intervenir.

—Lara, Sara, no nos peleemos. Ahorremos fuerzas para los entrenamientos. —Se vuelve hacia su antiguo compañero de los Tiburones Azules—. Pedro, si te parecemos tan ridículos, ¿por qué no organizamos una apuesta?

Pedro sonríe con aire de suficiencia.

—¿Los Tiburones contra vosotros?

—Sí —responde Tomi—. En dos semanas estaremos preparados.

—¡Pero tú has jugado en los Tiburones y sabes lo bien que jugamos! ¿Crees realmente que podrás ganarnos con dos chiquillas, un empollón y un zampabollos?

La banda de Pedro se echa a reír.

—Ganaros quizá no —dice Tomi—, porque acabamos de empezar a entrenar, pero estoy seguro de que os meteremos por lo menos tres goles.

—¿Tres goles? ¿Tú y tus ridículos amigos os creéis capaces de meter tres goles a los Tiburones, que han llegado a la final del campeonato?

—La apuesta —insiste Tomi— es la siguiente: si os metemos tres goles, nos dejaréis entrenar en paz y has-

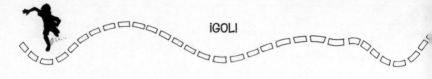
ta el próximo campeonato os mantendréis alejados de los jardines. Si no lo conseguimos, seremos nosotros los que desaparezcamos de aquí.

—¿Tres goles? ¡Acepto la apuesta por un solo gol! No lograríais meter ni uno aunque jugáramos con los ojos vendados... —Los amigos de Pedro sueltan otra carcajada.

—Os meteremos tres goles. Dentro de dos semanas en el campo de los Tiburones. Choca la mano, Pedro —responde Tomi con total seriedad.

Los dos antiguos compañeros de equipo se estrechan la mano mirándose a los ojos.

Antes de volver a casa, Tomi pasa por el restaurante para hablarle de la apuesta a Gaston.

El cocinero coge la pizarrilla de la estantería.

—El problema no son los tres goles, el problema es que todavía nos faltan dos jugadores para llegar hasta siete. Y nos queda poco tiempo para encontrarlos.

—A lo mejor ya he encontrado a uno —dice Tomi.

Pide la pizarra, donde ya están escritos su nombre y los de Fidu, Nico, Sara y Lara, y con la tiza escribe bajo el puntito más escorado a la derecha «Becan».

—Le he visto correr y disparar; es bueno —aclara.

Champignon se toca el extremo derecho del bigote:

—Excelente idea, *mon capitaine*. Mañana hablaré con él. —Pero luego se retuerce el extremo izquierdo y pregunta—: ¿Solo dos semanas? ¿Por qué tanta prisa por desafiarlos, Tomi?

Tomi vuelve a casa. Su padre acaba de empezar a construir un nuevo barco pirata y su madre prepara la cena. Entra en la habitación de sus padres, abre el carillón y mira a la bailarina girar sobre sí misma. Sonríe. Si no se le hubiera ocurrido la idea de la apuesta, habría tenido que esperar al otoño y al comienzo del campeonato para ver a Eva en la grada. Ahora en cambio solo faltan dos semanas. Pero eso... eso no podía confesárselo a Champignon...

8
¡YA SOMOS SIETE!

Segundo entrenamiento. Gaston Champignon se ha llevado por sorpresa a los chavales al patio del Pétalos a la Cazuela y les ha dicho lo siguiente:

—Nada mejor que una buena escalera para fortalecer los músculos de las piernas.

Así que, uno tras otro, han ido bajando y subiendo del sótano un montón de veces, dando grandes saltos con los pies juntos por los escalones.

—Los jugadores profesionales practican este ejercicio atándose cinturones con pesos —anuncia luego el cocinero—. Así las piernas se vuelven más potentes. Nosotros nos apañaremos con lo que tenemos...

Gaston entra en el sótano y, al cabo de un rato, sale con pesos proporcionales al físico de cada uno. Fidu, que es el más robusto, salta de un escalón al otro sujetando un gran jamón en los brazos; Nico, una garrafa de aceite de oliva; los otros, cajas de pasta.

Después del ejercicio de los saltos, los chicos se van corriendo a los jardines. Ahora el cocinero-entrenador empieza con la técnica.

—Coged cada uno un balón del saco y pelotead durante diez minutos. Por favor, que sean toques suaves, con el empeine. La pelota no debe sentir dolor, tratadla bien, pues de lo contrario durante el partido se escapará a los pies de vuestros adversarios...

Fidu, que la lanza al aire y la bloquea al vuelo con las manos, responde:

—Yo la trato divinamente, míster, ¡con guantes!

Todos se echan a reír.

Gaston Champignon deja a los chicos con Augusto y aprovecha los diez minutos de peloteo para subir al coche y dirigirse al semáforo donde trabaja Becan.

—Hola, Becan, ¿cómo va el día?

—Mal, señor Champignon —contesta el chaval rubio, que lleva en la mano una esponja y un cubo con agua y jabón—. Hace calor, unos treinta grados, pero la gente sube la ventanilla en cuanto me acerco.

—A lo mejor creen que les quieres lavar la cara en lugar del parabrisas... —bromea el cocinero, que luego le habla del equipo y del lugar que podría ocupar él, en la banda derecha.

95

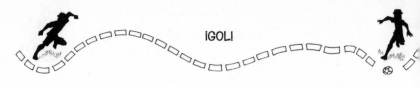

A Becan se le ilumina la cara de alegría, como a un niño delante del escaparate de una juguetería, pero enseguida se le apaga, como a un niño que sabe que no puede comprar esos juguetes.

—Ayer seguí desde aquí vuestro entrenamiento. Tenía unas ganas enormes de echar la esponja al cubo y salir corriendo a dar patadas a esos balones nuevos... Pero no puedo. Mi padre se ha quedado en el paro y no encuentra trabajo. Mi madre tiene que ocuparse de mis dos hermanitos. El poco dinero que gano lavando cristales es muy útil para mi familia.

El cocinero se frota el extremo derecho del bigote.

—Podemos hacer una cosa: fingir que somos un equipo de verdad; yo soy el presidente y te doy una pequeña paga por tus entrenamientos. Así no pierdes dinero y al mismo tiempo te diviertes. ¿Qué te parece?

Becan sonríe.

—Es usted muy amable, pero yo quiero ganar dinero trabajando. El fútbol solo debe ser un entretenimiento a mi edad.

BECAN

Champignon le pasa la mano por el cabello rubio.

—Eres un chico encantador, Becan. Tienes razón, perdóname.

—No tiene por qué disculparse, señor Champignon. Si me deja que le limpie el parabrisas, aceptaré los céntimos que me dé. Y si tengo un poco de suerte y gano otras monedas, a lo mejor un poco más tarde puedo unirme a vosotros y jugar un poco.

El cocinero vuelve al campo con los cristales limpios, le cuenta a Augusto cómo le ha ido con Becan y silba para llamar a sus jugadores.

—Poneos en fila uno detrás de otro, cada uno con una pelota al pie. Yo vuelvo enseguida.

Gaston va al coche, donde coge una caja de botellas de plástico llenas de agua, que pone en línea recta por el suelo.

—Salid de uno en uno y haced un eslalon con el balón al pie, driblando las botellas —indica—. Os aconsejo que uséis los dos pies para tocar la pelota: un toquecito con el derecho, otro con el izquierdo. Y mantenedla siempre cerca de vosotros, así durante el partido será más difícil que os la quiten. Después de la última botella, disparad a puerta a Fidu, que os espera entre esos dos árboles. ¿Entendido? Bien, empieza tú, Tomi.

También las gemelas, una detrás de la otra, corren entre las botellas. Y luego vuelta a empezar con Tomi. Hasta que interrumpe el ejercicio una sarta de cláxones del cochazo negro, que ha regresado y está aparcando al lado de la acera.

Todos se acercan al coche.

Augusto abre la puerta y deja pasar a un chico rubio con los pantalones descosidos y un cubo en la mano.

Becan se dirige a Gaston Champignon.

—Este amable señor me ha pedido que limpie todos los cristales de su coche. Como tiene tantos, me dará dinero suficiente para todo el día. O, más bien, ¡para una semana! Así que, en cuanto haya acabado, ¡podré jugar con vosotros!

El cocinero sonríe a Augusto y luego dice a los chicos:

—Si le echamos una mano, Becan acabará antes y podremos reemprender el entrenamiento. Yo tengo en mi coche unos trapos y algunas esponjas. ¿Qué me decís?

—¡Una idea excelente! —exclama Fidu, que lleva una botella en la mano—. Además, con este calor es un placer echarse encima un poco de agua... —Aprieta la botella de plástico y salpica a Sara en la cara...

99

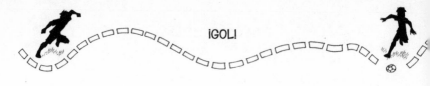

Las gemelas, Tomi y Nico salen corriendo a por las botellas del eslalon.

Limpiar el coche de Augusto se convierte enseguida en una divertidísima y refrescante batalla de salpicaduras y de espuma, que acaba en cuanto Champignon toca el silbato.

—¡Estupendo, chicos! Los cristales están relucientes. Volvamos al trabajo. El día de la apuesta se acerca, no lo olvidéis.

Tomás tiene todavía un poco de agua en su botella.

La tira al suelo y escucha sonriente el ruido que hace. Le recuerda alguna película que ahora no identifica. Seguro que Eva lo sabría...

El señor Champignon explica el nuevo ejercicio.

—Tú, Nico, inicias la jugada y lanzas el balón a Becan desde el centro del campo. Tú, Becan, la recibes, corres hasta el fondo y luego le das un pase cruzado a Tomás. Tomi, tú deberás disparar a la puerta de Fidu y marcar gol. Vosotras dos, Lara y Sara, tenéis que tratar de interceptar el pase e impedir que Tomás dispare. ¿Está claro? ¿Lo habéis entendido todos? De acuerdo; entonces, cada uno a su puesto. ¡Adelante!

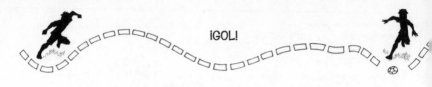
Fidu estalla de nuevo de alegría.

—¡Fabuloso, Lara! ¡Con dos defensas así no me dispararán nunca a puerta! No está nada mal, ¿eh, capitán?

Tomi, todavía más asombrado que antes, se sacude la tierra de encima. Lara le tiende una mano diciendo:

—He dado al balón. No te he hecho falta, ¿verdad?

—Todo perfecto —responde Tomi—. No te preocupes, lo has hecho muy bien. Si jugáis con tanta fogosidad, los Tiburones tendrán que sudar para meternos un gol. Vuelvo enseguida...

El delantero centro va a decirle algo a Becan, mientras el cocinero pita para señalar el inicio de una nueva jugada. Nico pasa la pelota a Becan, que da un nuevo pase cruzado. Tomi finge que corre hacia el balón. Sara y Lara saltan para anticiparse a él como la otra vez, pero en esta ocasión el pase es más largo (es lo que le había pedido Tomi a Becan...). La pelota pasa por encima de las dos gemelas y llega hasta Tomi, que está sin marcaje y con un cabezazo preciso mete gol.

Lara y Sara, con las manos en las caderas, miran a Fidu, que se ha tirado a por la pelota en vano. El portero vuelve a ponerse la gorra, que había salido volando.

—Esta vez nos ha engañado a todos...

Tomi choca los cinco con Becan.

—¡Ha salido de maravilla! Bien, este será nuestro «plan 1».

Gaston Champignon sonríe satisfecho y guiña el ojo al chófer Augusto, que coincide con él:

—El equipo está madurando bien, míster.

—¿Y te llamas como el campeón inglés? —le pregunta Sara a Becan.

—No, él se llama «Beckham», con k, h y m. Yo soy más pobre y solo tengo una c y una n. Becan es un nombre muy común en Albania.

—¡Lo importante es que des buenos pases como el Beckham de la k, la h y la m! —comenta Tomi.

Un chico alto, con una pelota de baloncesto bajo el brazo, les observa.

La primera semana pasa volando: todas las tardes un entrenamiento y una batalla festiva de salpicaduras en torno al cochazo de las gemelas, para que Becan pueda jugar en lugar de trabajar en el semáforo.

Solo queda por resolver un pequeño detalle: aún les falta un jugador...

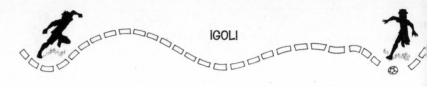

Todos los días Tomi le recuerda a Champignon el problema:

—La apuesta se jugará siete contra siete y nosotros solo somos seis. Sin un reserva siquiera...

Pero el cocinero está de lo más tranquilo.

—No te preocupes, capitán. El sábado encontraremos al chico que nos falta.

—¿Por qué el sábado?

—Ven al restaurante el sábado hacia las tres y te lo explicaré.

A las tres en punto del sábado, Tomás sube al cochecito de flores de Gaston Champignon y se dirigen juntos al parque del Retiro.

—Cuando necesito ingredientes para mis platos —dice el cocinero por el camino—, voy al mercado de las flores, porque sé que allí encontraré plantas de todos los tipos. ¿Estamos buscando a un chico que juegue bien al fútbol? Bueno, pues este me parece un buen sitio para encontrarlo, ¿no crees?

En efecto, como todos los sábados por la tarde, en los prados del parque se juegan a la vez por lo menos diez partidos. El parque parece un inmenso hormiguero de jugadores de todas las edades que corren y tratan de meter goles en porterías improvisadas: dos bolsas tiradas en el suelo, dos árboles, dos palos clavados en tierra y unidos por una cuerda que hace las veces de larguero... Después de una semana de trabajo o de estudio, todo el mundo tiene muchas ganas de divertirse.

—Mira a tu alrededor, capitán, y si ves a un chico de tu edad que te parezca buen jugador, le invitaremos a unirse a nuestro equipo.

Tomi y Champignon caminan por el césped, pasando de un partido al otro, hasta que el cocinero se detiene.

—¿Has oído eso, *mon capitaine*? ¡Alguien ha dicho «*Cartâo vermelho*», que en portugués significa «Tarjeta roja»!

—Será un portugués —replica Tomi—, no me parece demasiado interesante...

—No, creo que esos son brasileños, porque un equipo lleva la camiseta de Brasil. Ojo, *mon capitaine*, que a lo mejor hemos encontrado el puesto donde escoger nuestra flor... Nadie juega tan bien al fútbol como los brasileños.

El equipo de amarillo está formado por niños. Sus adversarios son hombres que juegan con el torso desnudo. Algunos tienen barrigas poco propias de atletas...

105

Parece un partido entre padres e hijos. Se respira mucha alegría y, entre una jugada y otra, los futbolistas bromean. Los padres están haciendo el ridículo, porque los chicos son demasiado rápidos y en tan solo cinco minutos les meten tres goles. Los tres los ha metido un chaval con el pelo ensortijado, que juega como extremo izquierdo. Tiene las piernas cortas, pero es velocísimo y, cuando echa a correr, no hay quien intercepte sus regates. Quizá debería pasarle un poco más la pelota a sus compañeros, que no dejan de desgañitarse reclamándoselo en cada jugada:

—¡João, pasa! ¡João! ¡Pásamela, João!

Tomi mira a Champignon.

—João.

—Es zurdo, justo lo que necesitamos —responde el cocinero.

Una vez acabado el partido, padres e hijos se ponen a la sombra bajo los árboles, donde algunas mujeres tienen preparados bocadillos y limonada fría. Los jugadores beben y siguen bromeando sobre el partido.

El señor Champignon se acerca, pero, antes de que pueda presentarse, una señora le pregunta:

—Pero ¿usted no es el cocinero de Pétalos a la Cazuela? Hemos ido a su restaurante y comimos divinamente.

106

Champignon, como un actor consumado, se quita el gorro y hace una reverencia espectacular.

—Se lo agradezco, es usted una verdadera gourmet. Y si nos da algo de beber a mi pequeño amigo y a mí, le explicaré el secreto de la ensalada de espinacas con violetas...

Los brasileños se echan a reír y sirven limonada en dos vasos de plástico. El señor Champignon les da a las mujeres algunas de sus recetas y luego les explica la historia del equipo de fútbol que están formando.

João acepta de inmediato la invitación con entusiasmo. El cocinero asegura a los padres del chaval que irá a buscarlo en coche y lo devolverá a casa después de cada entrenamiento.

—¡Esto hay que celebrarlo! —exclama Carlos, el padre de João, cogiendo una guitarra.

Champignon pide otra.

—Aunque los franceses no bailamos la samba, también nos gusta la música.

Se ponen a tocar y, mientras los demás bailan y cantan ale-

JOÃO

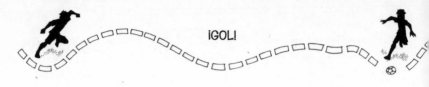

gremente, Tomi explica a João la apuesta que les espera en solo una semana.

Al volver al Pétalos a la Cazuela, el cocinero saca la pizarrilla y escribe «João» bajo el único puntito que todavía no tenía nombre.

—Ahora ya está completo el equipo, *mon capitaine*.

—Dentro de una semana este equipo meterá tres goles —responde Tomi.

Al salir del restaurante, se cruza con Sofía.

—Buenas tardes, señora.

—Hola, Tomi. Eva me ha dicho que te salude de su parte.

—¿De verdad?

El ascensor en el vestíbulo de su edificio está parado, pero a Tomi le han entrado muchas ganas de echar a correr... Sube a pie hasta su casa, saltando los escalones de dos en dos.

9
NO QUIERO PÉTALOS, SINO UNA FLOR

¿Te has fijado en cómo limpian los cristales del coche de Augusto sin bromear ni echarse agua encima como hacían días antes? Los chicos quieren acabar lo antes posible para volver a entrenarse en el terreno de juego.

¿Sabes qué significa eso? Pues que falta poco para la gran apuesta contra los Tiburones Azules y que la tensión aumenta.

Champignon se da cuenta de ello porque los chavales, entrenamiento tras entrenamiento, están cada vez más concentrados y atentos, como los estudiantes en los últimos días de clase, cuando se aproximan las fechas de los controles y los exámenes.

Hoy es martes, y el cocinero hace especial hincapié en las tácticas defensivas.

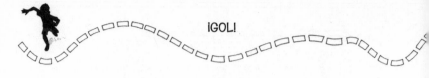

—Aprendamos a anticiparnos, chicas —dice—. Lara, ponte detrás de tu hermana. Cuando le lance la pelota a Sara, tú aparecerás por su espalda y con el pie derecho me la devolverás. ¿Está claro?

Lara practica el ejercicio.

—Perfecto. Ahora con el pie izquierdo —ordena el cocinero lanzando el balón con las manos.

Lara sale por detrás de Sara, golpea la pelota al vuelo y la lanza hacia el entrenador.

—¡Muy bien, Lara! —la alaba el cocinero—. Ahora intercambiad las posiciones. Te toca a ti, Sara. El mismo ejercicio: primero con el pie derecho y luego con el izquierdo. Es importante anticiparse. Los Tiburones tienen delanteros muy veloces, así que tendréis que conseguir llegar a la pelota antes que ellos. Ánimo...

La madre de Tomi pasa en bici con la saca de correos. Toca el timbre y todos la saludan con la mano.

Augusto explica a Fidu cómo parar los tiros rasos.

—Tienes que apoyar siempre una rodilla en tierra antes de recoger el balón, así no te arriesgas a que se te cuele entre las piernas.

Ahora está trabajando con él los reflejos.

—Un portero debe estar listo para saltar como un resorte. Un segundo de duda puede costarte un gol.

FIDU ESTÁ EN LA PORTERÍA, PERO DE ESPALDAS.

EN CUANTO AUGUSTO DA UNA PALMADA...

PLAS

... SE DA LA VUELTA DE UN SALTO Y SE LANZA SOBRE EL BALÓN.

¡BRAVO, FIDU! AHORA, ATENTO. EL PRÓXIMO ES UN EJERCICIO QUE SOLO HACEN LOS GRANDES PORTEROS, ¿TE CREES CAPAZ?

SI ES TAMBIÉN PARA PORTEROS GORDOS, ¡ESTOY LISTO!

TOMI, NICO, BECAN Y JOÃO TIRARÁN A PUERTA A LA VEZ. SE TE VENDRÁN ENCIMA CUATRO PELOTAS. TÚ TRATA DE PARAR TODAS LAS QUE PUEDAS.

¿CUATRO? ¡NO SOY UN PULPO, SOLO TENGO DOS BRAZOS!

¡LO PUEDES HACER! ¡TE HE VISTO COMER CUATRO HELADOS A LA VEZ Y SE TE DA DE MARAVILLA!

¡ESTOY LISTO!

PAM

POM

PUM

PUM

¡FABULOSO, HAS PARADO CUATRO DE CUATRO! ¡ERES UN CRACK!

WRESTLING

¿ERA UN BALÓN O UN AUTOBÚS?

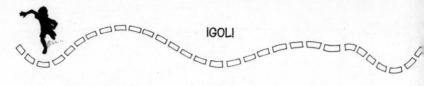

Al finalizar el entrenamiento, Champignon quiere que echen un partidito, pero a los chicos les falta uno para hacer un número par.

—¿Por qué no le preguntas a ese chico si quiere jugar? —le pregunta a Tomi.

—Es que Dani solo juega al baloncesto —dice Tomi—. ¡Es tan alto que le llaman Jirafa!

—Pero todas las tardes se para a mirarnos... —insiste el cocinero, que va a invitarlo a jugar.

Dani acepta entusiasmado.

—Yo he nacido en Nápoles, donde jugaba el gran Maradona. El fútbol es mi deporte favorito. Pero en mi familia todos somos altos y jugamos al baloncesto. Yo empecé también sin haberlo escogido... El fútbol no se me da bien, pero me divierto más con los pies que con las manos.

—¡Pues entonces usa los pies! —le dice Champignon—. Si solo hiciéramos todos lo que sabemos hacer mejor, la vida sería aburridísima... A mí se me da muy bien hacer pastelitos, pero cocino también carne y pescado. No puedo servir solo bocaditos de nata y canutillos de crema...

Dani deja en el suelo su pelota de baloncesto y se pone a perseguir la de fútbol. Cuatro contra cuatro: ahora el partido está equilibrado.

112

De hecho, con sus enormes pies y sus larguísimas piernas, Dani es mucho menos ágil que sus compañeros, pero es insuperable en los cabezazos. Y, sobre todo, se divierte como no lo hacía en mucho tiempo, tanto que al final pregunta a Champignon:

—¿Puedo volver mañana?

—Puedes volver cuando quieras. Y, si te apetece, puedes venir también el sábado: hemos retado a un partido a los Tiburones Azules.

—¿Un partido de verdad? —Dani no se lo acaba de creer—. ¿Puedo? ¿En serio?

—Claro que puedes. Es posible que te quedes en el banquillo y salgas en la segunda parte. Con nosotros, los reservas siempre juegan. Y, como sabes coger bien la pelota con las manos, si hace falta podrás sustituir a Fidu en la portería.

Hoy es jueves, y el cocinero quiere repasar la lección con sus centrocampistas.

Ha traído una olla vieja del restaurante, una de las preferidas de Cazo para sus cabezaditas. La coloca a una decena de metros de Nico y le pide que intente darle con el balón. Es un ejercicio de precisión.

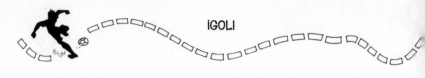
Nico ya sabe de memoria cómo se dispara el balón: se apoya el pie izquierdo junto a la pelota y se golpea con el derecho, usando el empeine y no la puntera. Sabe que tiene que doblar las rodillas y que no debe inclinar el cuerpo hacia atrás, porque de lo contrario el balón saldría volando. Sus tiros ya describen parábolas precisas que llegan casi siempre a su destino. De hecho, en los dos primeros intentos roza la olla, en el tercero la golpea por la parte de fuera y al cuarto la acierta de lleno: ¡canasta!

Tomi se ha quedado boquiabierto:

—Empiezo a creer que su cucharón de madera es una varita mágica —le dice al cocinero—. Nunca habría esperado un tiro semejante de Nico...

Champignon sonríe.

—Ya te había dicho que sé reconocer los buenos ingredientes... Pero sin tus consejos y la confianza que le has infundido al aceptarlo en el equipo, Nico no habría acertado a la olla en la vida. Eres tú quien ha usado la varita mágica, Tomi.

DANI

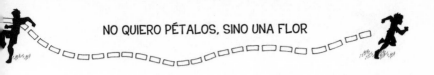
Lara felicita a Nico:

—¡Tienes los pies de un auténtico número 10!

—Gracias, Sara —responde Nico.

—Yo soy Lara —le corrige—. Y no hace falta que te pongas rojo como nuestro pelo...

Nico enrojece todavía más y se rasca la cabeza, como hace siempre que está turbado y no tiene bolsillos donde esconder las manos.

Junto al cochazo de Augusto se ha parado una moto amarilla. Charli, el entrenador de la Academia, se quita el casco y avanza hacia Champignon.

—Ya veo que el sábado echaremos un partido de cacharros, visto que os entrenáis con ollas...

—No te equivocas. Lo que haremos es escacharrar a tus campeoncitos —replica el cocinero, estrechándole la mano.

—¿De verdad creéis que nos podéis meter tres goles? Me han dicho que solo lleváis dos semanas entrenándoos. ¿Estáis todos aquí?

—Sí, aquí estamos todos —le responde Champignon—. Y vamos a intentar meteros tres goles. Esa es la apuesta.

—Tenéis a dos chicas en el equipo... Para equilibrar un poco el partido, los Tiburones Azules podríamos

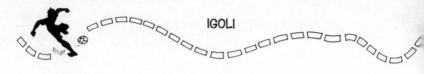

jugar con un jugador menos: seis contra siete. ¿Qué te parece, señor Champignon?

Champignon no tiene tiempo de responder. Después de tanto entrenarse para anticiparse al contrario, las gemelas le roban la respuesta:

—Nosotros solo jugamos siete contra siete —exclama Lara.

—Y al final del partido ya veremos cuántos goles le dejan meter estas dos chicas a su hijo Pedro —añade Sara.

—Estoy de acuerdo: la apuesta será en igualdad de condiciones, siete contra siete. Y el sábado por la tarde tú y tus chicos estáis invitados a mi restaurante. Pase lo que pase, lo celebraremos juntos —concluye Champignon.

—Será un verdadero placer —responde el entrenador de los Tiburones.

—Con una sola condición —añade el cocinero—: si marcamos los tres goles, serán los Tiburones los que frieguen los platos.

—Entonces, creo que tendrás que apañártelas con tu lavaplatos... —contesta Charli sonriendo.

—Nos vemos el sábado a las tres en vuestro campo —contesta Champignon tendiéndole la mano.

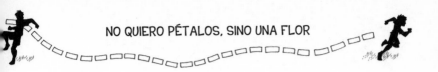
—Os esperamos —concluye Charli al tiempo que se la estrecha.

Los chicos lo miran mientras vuelve a su moto.

—Ya sabemos de qué palo sale la astilla de su simpático hijo Pedro... —dice Sara.

—Bien dicho, Lara —comenta Nico.

—Soy Sara —le corrige Sara.

El viernes, durante el último entrenamiento, Champignon alecciona a los delanteros.

Becan, desde la derecha, y João, desde la izquierda, repiten sin cesar pases cruzados a Tomás, que los recibe y dispara a puerta: con la derecha, la izquierda y la cabeza. El cocinero recuerda a Becan y a João que cuando los adversarios tengan el balón deberán volver rápidamente al centro del campo para ayudar a Nico a proteger la defensa.

Por último, le pide a Tomi que practique la «vaselina». La vaselina es un tiro muy especial y difícil: hay que golpear la pelota desde abajo con la punta del pie, como si se quisiera excavar la tierra, como una cuchara que se hundiera en la mantequilla. Así, si se toca bien, la pelota dibuja una especie de arco iris en

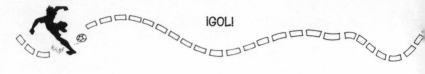

el aire, se eleva y luego cae por encima del portero y va a parar dentro de la red.

—Durante la final me di cuenta de que Edu tiene un defecto —explica Champignon—. El portero de los Tiburones es muy bueno, pero siempre está un paso por delante de la línea de meta. Acuérdate de eso mañana: en lugar de disparar solamente con fuerza, cuando llegues al área y veas a Edu alejado de la portería, intenta meterle una vaselina. Ahora me pondré entre el balón y el portero, haciendo de barrera: tú trata de superarme con una vaselina.

Tomi prueba cinco, diez, veinte, treinta veces, hasta que el arco iris le sale a la perfección y el balón, golpeado por la parte de abajo, supera suavemente el sombrero de cocinero de Champignon y acaba entre los brazos de Fidu.

El cocinero pita para indicar el fin del último entrenamiento y pide a los chicos que se sienten a la sombra de los árboles.

—Chicos, estamos a punto de disputar nuestro primer partido. Ante todo quiero deciros que os habéis comportado fenomenalmente: todos y cada uno de vosotros os lo habéis tomado en serio y habéis hecho grandes progresos. Estas dos semanas hemos sudado

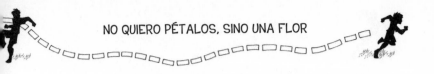
y bromeado, nos hemos divertido y hemos aprendido a conocernos mejor. Así es como se hace un equipo de verdad. Érais pétalos sueltos y os estáis convirtiendo en una sola flor. El único consejo que os quiero dar para el partido de mañana es este: demostrad que sois un equipo. Ellos son mejores, están más entrenados y sin duda vencerán. Da lo mismo. Y tampoco importa que no logremos meter tres goles. Eso no es lo que está en juego. La verdadera apuesta consiste en demostrar que somos un equipo. Nos meterán un gol, dos, tres... tanto da. Nosotros correremos, pondremos en práctica lo que hemos aprendido y lucharemos hasta el final. Todos ayudaréis a los compañeros que tengan problemas, correréis por ellos, porque no sois pétalos sueltos, sino una sola flor. No lo olvidéis nunca. El segundo consejo os lo sabéis de memoria a estas alturas: ¡divertíos, chicos! Porque, si los Tiburones nos meten diez goles pero nosotros nos divertimos más, al final los que habremos vencido seremos nosotros. Y ahora, esperad un momento...

Champignon va hasta su coche de flores y vuelve con una gran bolsa azul. La abre y saca siete conjuntos blancos y azules y uno oscuro para el portero, y los reparte: camiseta, calzones y medias. Fidu lleva el nú-

119

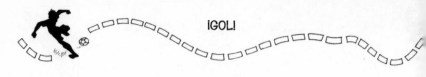

mero 1, Lara el 2, Sara el 3, Becan el 7, Tomi el 9, Nico el 10, João el 11, Dani el 6.

—¡Mi número favorito! —exclama Nico, que ha sacado muchos dieces en el colegio, pero nunca ha tenido ninguno tan emocionante. Un 10 entero para él impreso sobre la ropa de un verdadero equipo de fútbol. Cree estar soñando...

Champignon sonríe al ver la sorpresa de sus pequeños jugadores. Tomi escruta con curiosidad la manchita amarilla que hay dentro del escudo estampado sobre el pecho.

—¿Qué es? —pregunta.

—Una cebolla —responde Champignon.

—¡¿Una cebolla?!

—Sí —responde tranquilamente el cocinero—. Porque he decidido que nuestro equipo se llamará «los Cebolletas».

Tomi y Fidu se miran y vuelven los ojos hacia el entrenador, con la esperanza de que se trate de una broma.

—¿Los Cebolletas?

—Exacto, ¿no os parece simpático?

—¡Pero si es un nombre de chicas! —salta Fidu, con cara de asco, como si hubiera apoyado la mano sobre una babosa.

120

Sara le lanza una mirada torva.

—Nosotras somos chicas.

—Fidu tiene razón: ¡un equipo de fútbol no puede tener un nombre femenino! —dice Tomi apoyando a su amigo.

—¿Cómo que no? —pregunta Lara—. ¡La Juventus es un nombre femenino y en Italia es el equipo que tiene más títulos de liga!

—¡Pero una cosa es la Juventus —exclama Tomi— y otra muy distinta «los Cebolletas»! Nos tomarán el pelo...

—Recuerda que, cuando se corta una cebolla, los ojos se llenan de lágrimas. ¡Los Cebolletas harán llorar a los que se burlen de ellos! —rebate Sara.

—¡Bien dicho, Lara! —aprueba Nico.

—Soy Sara —le corrige Sara.

—Además —añade Dani—, también Maradona, el mejor jugador de todos los tiempos, de pequeño jugaba en un equipo que se llamaba Cebollitas, y nadie se burló jamás de él. Todo lo contrario: era el equipo más apreciado de Argentina. Será como un homenaje.

—Bueno —interviene finalmente Champignon—, tenemos que votar. Que levante la mano el que esté de acuerdo con el nombre de Cebolletas.

121

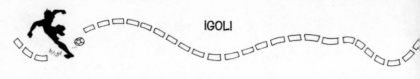

Todos levantan la mano menos Fidu y Tomás, que se miran unos segundos, encogen los hombros en señal de que se rinden y acaban por levantar también ellos la mano.

El cocinero alza el cucharón de madera y apunta al cielo con él.

—Entonces, está decidido: ¡seremos los Cebolletas!

10
UN DILUVIO
DE GOLES

Y aquí estamos de nuevo, en el campo de los Tiburones Azules, donde comenzó nuestra historia. ¿Te acuerdas de la final que perdieron contra los temibles Diablos Rojos?

Como ves, en las gradas vuelven a estar los padres y amigos de los antiguos compañeros de equipo de Tomás, incluida la señora del sombrerete blanco que se había peleado con el entrenador Charli. Hay muchos, pero, en cuanto entran al campo los dos equipos, es como si desaparecieran de golpe, porque el padre de João y sus amigos brasileños se ponen a tocar el tambor, a cantar y a bailar. Y de repente parece que empiece el carnaval más alegre y ruidoso del mundo... Un carnaval amarillo, porque todos llevan puesta la camiseta de la selección brasileña.

Los equipos están alineados en el centro del campo, el árbitro pita, y los chicos levantan los brazos para saludar a los espectadores.

123

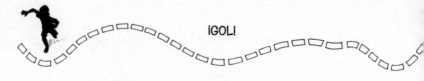
En ese momento, Tomi mira a lo lejos a la grada, mueve los ojos, nervioso, y acaba encontrando lo que buscaba: Eva, una manchita rosa que levanta el brazo de Socorro para responder al saludo de los jugadores. ¡Un esqueleto también hará de hincha de los Cebolletas!

Unos nubarrones negros y agoreros tapan el cielo. El árbitro llama a los dos capitanes al centro del campo y, antes de tirar una moneda al aire, les hace escoger:

—¿Cara o cruz?

Gana Pedro, que ha escogido cruz, de modo que serán los Tiburones los que hagan el saque inicial. Los dos capitanes se estrechan la mano.

—Nos encanta comer cebolletas... —Pedro sonríe.

—Cuidado. Las cebolletas hacen llorar —replica Tomi, muy serio.

El árbitro pita el comienzo del partido.

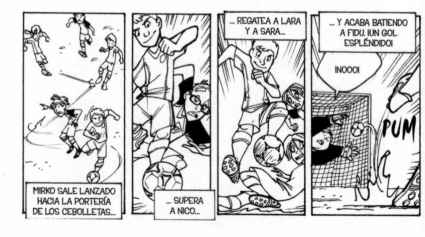

Champignon mira el reloj: no ha pasado ni un minuto y los Cebolletas ya han encajado un gol.

—Como aperitivo no está mal... —murmura el cocinero a Cazo, que duerme en el banquillo, cerca de Dani.

Fidu está en el suelo, desconsolado: se ha tirado, pero no ha servido de nada.

—No importa, acabamos de empezar. ¡Ánimo! —lo alienta Augusto, que se ha puesto a su espalda, detrás de la portería, para darle algunos consejos.

Los hinchas de los Tiburones aplauden.

Tomás va a recoger la pelota al fondo de la red y, mientras se la lleva al centro del campo, dice a sus compañeros:

—No ha pasado nada. ¡Ánimo, ahora es cuando empieza el partido!

¡Nico debe decidir si pasar la pelota a la derecha o la izquierda, pero Becan y João están bajo el marcaje de sus defensas. «Quizá sea mejor un pase al centro, hacia Tomi, tan preciso como los de la olla», piensa.

Pero un partido no es un entrenamiento. Hay mucho menos tiempo para pensar. Además, a Nico le pesan las piernas, como si alguien se las hubiera rellenado de hierro. Es la emoción de jugar el primer partido de verdad en su vida, en un equipo de verdad, con un árbitro de carne y hueso, delante de un público de carne... y ¡hueso!

Se pone a llover. Primero un goterón, luego dos y al final cae sobre el campo un gran diluvio, muy parecido al resultado del partido que se está disputando: un gol, dos y luego vendrán otros tres. La primera parte acaba con el resultado de 5-0. Un diluvio de goles en la portería del pobre Fidu.

Tomi sabía que los Tiburones eran mucho más fuertes, pero no esperaba hacer semejante papelón. En toda la primera parte no ha disparado una sola vez a puerta. Ha perseguido el balón en vano, ha bajado a menudo a defender para ayudar a sus compañeros, pero no ha habido nada que hacer. Nico está demasiado nervioso y tiene delante de él a un número 10 más poderoso y experimentado. Y, sin los pases de Nico, Becan y João no consiguen explotar su velocidad.

También Fidu parece demasiado tenso. Después de los dos primeros goles se ha hecho un lío. El cuarto gol, una falta muy lejana sacada por César, se le ha colado entre las piernas, lo que ha provocado una carcajada del público. Augusto le ha recordado: «¡La rodilla! ¡No has puesto la rodilla en el suelo antes de atrapar el balón!».

Al portero le habría gustado que se lo tragara la tierra, de tan avergonzado como estaba.

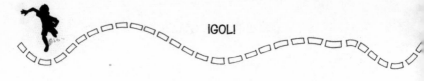

Solo las gemelas han luchado bien. De momento han sido las que mejor han jugado. No han podido evitar los cinco goles, pero sin su intervención habrían entrado tres o cuatro más. Lara y Sara han despejado balones con la cabeza y los pies y se han adelantado siempre a Pedro, que de hecho no ha marcado un solo gol.

La señora Sofía incluso le ha susurrado a la madre de Tomi:

—A lo mejor tengo que prestar más bailarinas a mi marido...

La madre de Tomi le ha contestado con una sonrisa, pero está preocupada, porque sabe en qué está pensando su hijo. Y sabe que debe de sentirse fatal.

«No es culpa de Fidu ni de Nico —piensa Tomi pesaroso mientras se dirige al vestuario—. Es culpa mía, por haber organizado este partido demasiado pronto, contra adversarios demasiado buenos. He obligado a mis amigos a hacer este ridículo. La culpa es toda mía. Soy un estúpido.»

Anda con la cabeza gacha. No tiene valor para mirar a la grada. ¿Qué podría hacer ante una sonrisa de Eva?

También se siente culpable con respecto a los brasileños, que le ofrecieron una limonada fría en el par-

128

que del Retiro, le dieron la bienvenida como si fuera un viejo amigo, y han cantado y animado a su equipo durante toda la primera parte. Si lo hubieran sabido antes, probablemente no habrían dejado que João jugara en un equipo de tan poco nivel...

Se siente tan culpable que no responde siquiera a sus antiguos compañeros de los Tiburones cuando le toman el pelo. Le parece un castigo justo. Merecido.

—En la segunda parte podrías dejar jugar al esqueleto que hay en la grada —bromea Pedro—. Parece mucho más vivo que vosotros...

—Yo creo que se ha muerto de risa en la primera parte, al ver el cuarto gol... —añade César con una carcajada.

A Tomás le gustaría salir corriendo hasta el estanque del parque para dar de comer a los peces... Por primera vez piensa que no habría tenido que dejar los Tiburones y formar un nuevo equipo.

Incluso el padre de Pedro se hace el gracioso con Champignon.

—Si quieres, damos por acabado el partido. Con la excusa de la tormenta lo suspendemos y así evitáis una derrota demasiado abultada...

El cocinero responde con una sonrisa.

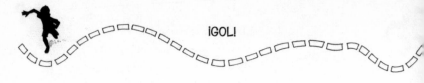

—No te preocupes. En la cocina mi especialidad son los segundos platos. Verás cómo en la segunda parte os cocinamos una gran sorpresa.

Gaston Champignon entra silbando en el vestuario con Cazo bajo un brazo y se topa con sus chicos sentados en los bancos con la cabeza gacha.

—¿A qué se deben estas caras tan tristes? —pregunta.

—Nos han metido cinco goles, míster —contesta Sara.

—Me divertía más bailar sobre la punta de los pies —añade Lara, desconsolada.

—¡Eso es! —exclama el cocinero—. Ese ha sido vuestro único error en la primera parte: no os habéis divertido. Os habéis asustado por todos los balones que entraban en la portería y no habéis pensado más que en el resultado. ¡Es un error! ¡Un grave error! Estamos aquí ante todo para divertirnos. Y hoy es un día espléndido para hacerlo. Con tanta lluvia, en la segunda parte habrá unos charcos fantásticos. ¿Hay algo más divertido que tirarse a un charco? Becan, ¿es más divertido ensuciarse con barro o limpiar cristales?

130

Becan sonríe.

—Fidu, ¿has visto peleas de lucha libre en el barro? —pregunta Champignon.

—Son un auténtico espectáculo —responde Fidu con un hilo de voz.

—Y entonces, ¿por qué te has tirado tan poco al suelo? Has hecho de portero serio y te has olvidado de que eres un gran luchador. —El cocinero le enseña el balón—: Este es el contrincante que te ha tirado cinco veces al suelo. ¿Y le has dejado hacerlo? ¿No te acuerdas de cómo lo derribabas en el patio de mi restaurante? ¡Mira con qué satisfacción sonríe ahora! No te he oído soltar un solo grito.

Champignon restriega el balón contra su chándal, lo limpia de tierra, se saca del bolsillo un rotulador y pinta sobre la pelota del partido dos ojos, uno de ellos con un parche, una nariz y una boca sonriente.

—¿Ves cómo te toma el pelo? ¿Dejarás que te lo tome también en la segunda parte? —pregunta el cocinero, que lanza la pelota a Fidu, quien la atrapa, se la acerca a la nariz y la mira con seriedad, como si estuviera mirando a los ojos a un adversario en el ring.

—¡Pirata, no volverás a entrar en mi portería aunque te dispare el capitán Garfio de un cañonazo! —exclama.

—¡Así te quiero ver, Fidu! —celebra el entrenador—. Aunque te metan más goles, no pasa nada... Es más, viendo el balón que se te ha colado entre las piernas también yo me he divertido...

Becan suelta una risotada y da un golpe en el hombro a Fidu.

—Yo lo único que quiero es que te diviertas y que juegues con pasión. Quiero verte gritar y sonreír. Y eso vale para todos, chicos. No estamos en el cole, aquí no hay aprobados ni suspensos, buenos ni malos. Nico, sé en qué has pensado durante toda la primera parte: «El número 10 de los Tiburones es mucho mejor que yo». ¿No es cierto?

Nico, que se está secando las gafas, asiente.

—Es verdad, ese 10 es muy bueno y además es más grande que tú. Pero ¿estás seguro de que habría podido dar de lleno a la olla como hiciste tú el otro día?

—El míster tiene razón —dice Sara a Nico—. Tienes unos pies de poeta. ¡Úsalos sin miedo, puñetas!

Nico se vuelve a poner las gafas con una sonrisa de orgullo.

—En lugar de preocuparnos por lo buenos que son, demostrémosles que nosotros tampoco somos del todo malos. Y, sobre todo, que vean que somos un equipo.

¿Os acordáis de lo que os dije ayer? Quiero una flor, no pétalos sueltos. Hasta ahora solo he visto pétalos. Cada uno ha tratado de desempeñar su función lo mejor posible y se ha esforzado, pero no he visto a nadie correr a ayudar a un compañero con problemas, no he oído palabras de aliento, consejos... En la primera parte habéis sido siete pétalos, en la segunda quiero ver una sola flor. ¡Poned una mano encima de la mía!

Champignon alarga el brazo hacia Tomi.

El capitán mira a su entrenador y coloca la mano encima de la suya. Luego se acercan Fidu, Sara, Lara, Nico, João, Becan y Dani, que completan la piña de manos.

—Antes, nuestras manos eran pétalos, ahora son una sola flor —insiste Champignon—. Contestad: ¿los Cebollitas son pétalos o una flor?

—Una flor —contestan a coro los chicos.

—Más fuerte, no he oído bien... ¿Somos pétalos o una flor?

—¡¡¡Una flor!!! —gritan los chicos.

—Más fuerte, tenéis que conseguir despertar a este dormilón de Cazo. ¿Somos pétalos o una flor?

—¡¡¡Una flor!!! —se desgañitan los chicos, sonriendo. Y finalmente el gato que lleva en brazos Champignon abre los ojos y bosteza.

133

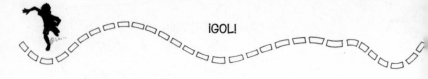

—Bien. Y ahora bebeos este exquisito té al jazmín que os he preparado y salid a divertiros. Recordad que quien se divierte siempre gana.

Tomás sale el último. El cocinero lo detiene y se agacha un poco para hablarle al oído:

—*Mon capitaine*, a mi mujer y a Eva les gusta el baile, como ya sabes. ¿Por qué no intentamos que se diviertan? Coge el balón y sal a bailar: ahí fuera, nadie lo hace mejor que tú.

134

11
Y AHORA,
¡TODOS
A BRASIL!

El árbitro pita el comienzo de la segunda parte. Los Cebolletas pierden enseguida la pelota, y los Tiburones se lanzan de nuevo al ataque como han hecho durante todo el primer tiempo. No parece que haya cambiado nada. El número 10 de los Tiburones se zafa fácilmente de Nico, no cede ante la entrada de Lara y pasa la pelota a Pedro, que está solo delante de Fidu. Por fin tiene una ocasión de marcar. En las gradas todos dan por descontado el sexto gol del equipo de casa.

Pedro levanta la vista, apunta y se da cuenta de que el portero tiene una extraña sonrisa en la cara.

Fidu ha comprendido que quizá haya una forma de evitar un gol que parece inevitable. Suelta un alarido tremendo y, de un gran salto, aterriza sobre el charco que la tormenta ha creado delante de su puerta. Del suelo se levanta una ola de agua sucia que da al delantero de lleno en la cara.

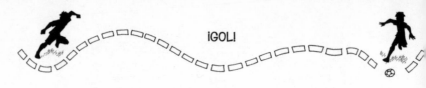
De repente Pedro deja de ver y, mientras se restriega los ojos con las manos para sacarse el barro de encima, Fidu da un segundo salto y se abalanza sobre el balón, que luego lanza muy lejos. Los hinchas de los Cebolletas se ponen en pie y empiezan a aplaudir. Los brasileños golpean sus tambores con renovado entusiasmo.

—¡Eres un genio, Fidu! —le grita Lara.

Detrás de la portería, Augusto aprieta los puños de alegría, como si hubiera sido él quien hubiera hecho una parada, mientras Pedro, con la cara llena de barro, se va a buscar al árbitro para pedirle que pite penalti.

—¿Penalti? ¡Si ni siquiera te ha tocado! —responde el árbitro.

Los saltos de Fidu han sido un revulsivo para los Cebolletas, que finalmente se ponen a luchar con entusiasmo y dan la réplica a los Tiburones Azules. El partido está equilibrado y es un espectáculo precioso. Las jugadas de los dos equipos se alternan. Las piernas de Nico se han vuelto ligeras, el nerviosismo ha desaparecido y, gracias a sus centros, Becan y João pueden aprovechar su gran velocidad, correr hasta el extremo del campo y dar pases a Tomi. Como ocurre en el minuto 5 de la segunda parte.

Atención...

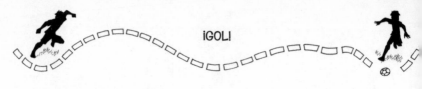
¡Es el gol más espectacular que se ha visto jamás en ese campo! Tomi y Becan corren a abrazarse y son arrollados por el entusiasmo de João, Nico, Lara y Sara. Hasta Fidu abandona la portería y, después de una larga carrera, se lanza sobre el grupo. Los chavales están ahora unidos en un solo abrazo, como una única flor con siete pétalos. Es un gol especial: ¡el primero en la historia de los Cebolletas! Es justo que lo celebren con tanta alegría.

La señora Sofía alza los brazos del esqueleto y lo hace bailar al ritmo de los tambores brasileños. La madre de Tomi agita una de las escobas que sostienen la pancarta con el lema: «¡Tomi, genio, acabarás en la Selección!». La otra la sujeta Eva. Gaston ha abrazado a Dani, que está sentado en el banquillo, y agita el cucharón de madera como si fuera una bandera.

Charli, el entrenador de los Tiburones, está más sombrío que los nubarrones de la tormenta. Sin duda no esperaba encajar un gol de los Cebolletas. Sus chicos quieren vengarse marcando otro gol cuanto antes.

Los Tiburones atacan con rabia, pero Lara y Sara se han convertido en dos centinelas insuperables. Se tiran

Y AHORA, ¡TODOS A BRASIL!

a todos los charcos y salen siempre con el balón pegado al pie. Si tienen problemas, se lanzan deslizándose entre las piernas de los adversarios y los hacen rodar por tierra. El árbitro pita la falta, ellas se excusan, pero mientras tanto la portería está a salvo... Son como dos auténticas tigresas de combate. Ya no se distingue el color de su pelo, parecen dos figuras de barro.

Por delante de ellas, Becan, Nico y João también defienden bien. Hablan entre ellos continuamente, cada uno avisa al otro de los peligros o le aconseja el lugar más apropiado: «¡Cuidado con el 7, João!», «¡Ven más al centro, Becan, que estoy solo!», «¡Aguanta, Nico, que ya llego!».

Y es eso lo que hace feliz a Champignon, todavía más que el espléndido gol que ha marcado Tomi: ver que sus Cebolletas por fin juegan y se mueven como un equipo de verdad. Los siete pétalos se han cerrado al fin, formando un hermoso capullo que está muchas veces a punto de abrirse en forma de un segundo gol.

Por la banda derecha, nadie logra parar a Becan, mientras por la izquierda las fintas y los regates de João son una pesadilla para los defensas, lo que provoca una gran alegría entre la mancha amarilla de las gradas, que no ha dejado un solo segundo de bailar y tocar.

139

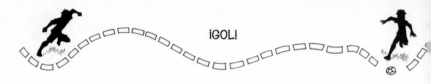
Por si fuera poco, Tomi está imparable. El balón parece pegado a sus pies, César y los demás le persiguen para robárselo, pero él danza escurridizo entre las camisetas azules. Animado por el gol y por la pancarta sujeta con escobas, crea un peligro detrás de otro. Ya le ha dado una vez al larguero y ha chutado por lo menos tres veces contra Edu, el portero de los Tiburones, quien rechaza todos los balones como si fuera una pared.

Tomi está a punto de rendirse cuando oye el silbido de Champignon, que le enseña el cucharón desde el banquillo. El capitán comprende qué debe hacer.

TOMI RECIBE UN CENTRO DE JOÃO...

... SE DESHACE DE CÉSAR CON UNA FINTA...

... Y AVANZA HACIA EL ÁREA GRANDE.

GOLPEA SUAVEMENTE EL BALÓN...

... QUE DIBUJA UN ARCO POR ENCIMA DE LA CABEZA DEL PORTERO...

... ANTES DE ENTRAR RODANDO Y ACABAR EN LA RED: ¡UN GOL DE VASELINA!

POC

BONG

Los Cebolletas vuelven a abrazarse en el centro del campo. La madre de Tomi y Eva agitan frenéticamente las escobas, el esqueleto Socorro baila con los brasileños. El gato Cazo duerme en el banquillo.

—¡Uno más, chicos! —exclama Fidu.

—¡Uno y ganamos la apuesta! —grita Nico exultante.

Los Cebolletas aún tienen cinco minutos para marcar el tercero, que obligaría a los Tiburones a fregar los platos. Tomi recoge el balón y lo lleva al centro del campo.

Pero antes de que el árbitro pite para que prosiga el partido, llega la sorpresa: Champignon saca precisamente a Tomi y lo sustituye por Dani.

En el palco se eleva un rumor, y los tambores dejan de sonar. Pero ¿cómo es posible? Tomás ha metido dos goles, ha sido el mejor jugador, ha provocado él solo enormes dificultades a la defensa contraria. Si alguien puede meter el tercer gol, es Tomi, que en lugar de eso se sienta en el banquillo con los codos en las rodillas y la barbilla entre las manos, abatido.

Y las dudas sobre la decisión del cocinero se acentúan en la siguiente jugada, cuando Dani, un poco por la emoción que siente y un poco por los años que ha pasado jugando al baloncesto, coge con las manos la pelota cuando cae en el área grande de su equipo.

141

Naturalmente, el árbitro señala penalti.

Dani, abochornado, se excusa. Fidu lo consuela:

—No te preocupes; pienso parar este penalti.

Pedro coloca el balón sobre el círculo blanco. Tiene unas ganas tremendas de meter su primer gol y de vengarse por la broma del agua sucia. Pero Fidu le tiene preparada otra broma: se coloca en la línea de meta a esperar el disparo, pero de espaldas al delantero.

Fidu lanza el balón hacia João, que sale corriendo como una bala hacia la portería de los Tiburones.

Con un par de fintas, el brasileño hace caer al número 6, pero un segundo antes de poder tirar a puerta, su balón es interceptado: saque de esquina. Lo va a lanzar Becan, que tratará de llegar a la cabeza de Dani, que, altísima como está, despunta como un campanario entre las casas.

Ninguno de los Tiburones puede llegar tan alto como Dani, que de hecho salta sin oposición y con la frente empuja el balón a la red. ¡Es el tercer gol de los Cebolletas! ¡El que les hace ganar la apuesta y obliga a los chicos de los Tiburones a lavar los platos del Pétalos a la Cazuela!

Tomi se olvida por un segundo de la desilusión de haber sido sustituido. Abraza a Champignon y luego se lanza al campo para celebrarlo con sus compañeros de equipo, mientras Charli se agita como un loco delante del banquillo y chilla a sus jugadores:

—¡Gallinas! ¡Gallinas! ¡Sois unos gallinas!

Y todavía no lo ha visto todo... En el último minuto del partido, el árbitro pita una falta al borde del área a favor de los Cebolletas por una zancadilla a João. Nico pide permiso para lanzarla.

143

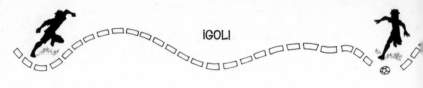

Coloca el balón en el suelo con el mismo cuidado con el que guarda los libros en la mochila antes de ir a la escuela. Luego se mete en la boca la punta del dedo índice y levanta el dedo.

—¿Se puede saber qué estás haciendo? —le pregunta Lara.

—Estoy estudiando la dirección del viento para calcular la potencia del tiro —responde Nico con total seriedad. Luego coge un poco de carrerilla y golpea la pelota con el interior del pie derecho.

Gracias al efecto que le ha dado Nico, la pelota salva la barrera y acaba chocando lentamente contra la red, como una estrella fugaz. Charli se tapa los ojos con la mano. El árbitro pita el final del partido: 5-4.

Lara y Sara saltan encima de Nico y le dan un beso en cada mejilla: una por chica, dos besos simultáneos. Nico, petrificado de alegría, se siente de nuevo como un semáforo, pero esta vez un semáforo en rojo...

Los Tiburones Azules han ganado el partido, pero los Cebolletas han ganado de sobra la apuesta. Agotados y sucios, pero inmensamente felices, los ocho pétalos se abrazan en medio del campo y vuelven a ser una sola flor. Una flor de barro. Luego lo celebran en las gradas con los padres y los amigos. Hasta Socorro sonríe.

Gaston va a estrechar la mano a su adversario.

—Ya te había dicho que mi especialidad son los segundos platos...

Charli sonríe con amargura.

—En cualquier caso, el partido lo hemos ganado nosotros...

—Es verdad —responde el cocinero—. Ya nos ocu-
paremos de ganaros durante el campeonato. De momento, nos basta con haber ganado la apuesta. Nos
vemos esta tarde en mi restaurante. Tendré guantes y
lavavajillas para todos...

Después de la ducha, todos quedan para cenar en el
Pétalos a la Cazuela y vuelven a sus casas, todos menos Eva, que está invitada a casa de su maestra de
baile, la señora Sofía.

El sol ha vuelto a brillar y Tomi propone a Eva dar
un paseo en bici hasta el parque del Retiro.

Le presenta a los peces del estanque y les tiran mi-
gas de pan. Tomi le explica que esos peces dan buenas respuestas a las preguntas que se les hace.

—¿Cómo hay que hacerlo?

—Basta con aprender a escucharlos.

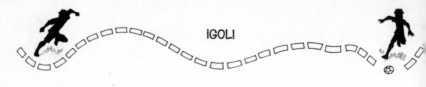
Eva se inclina, y Tomi ve en el agua el reflejo de la sonrisa que había visto en la sala de baile.

Compran dos cucuruchos en el carrito de los helados y se sientan en un banco.

—Tú ya me has visto jugar, así que ahora soy yo el que te tiene que ver bailar.

—Te avisaré cuando hagamos un ensayo.

—¿No puedes bailar un poco ahora?

—¿Aquí? ¿Sin música? —contesta Eva sonriendo.

Tomi se levanta del banco, va junto a una pareja tendida sobre el césped y les pide que le presten su radio cinco minutos. Vuelve y la deja sobre el banco.

—Aquí está la música.

Eva vuelve a sonreír, se levanta y se pone a danzar, girando sobre sí misma, moviendo con gracia una mano y sosteniendo el helado con la otra. Tomi tiene la impresión de que los peces no suben a la superficie para comer pan, sino para disfrutar del ballet, y está convencido de que si tuvieran manos también aplaudirían, como hace él cuando Eva se para.

—En casa tengo una bailarina que se parece a ti —le dice.

Vuelven a coger las bicis y regresan a casa de Tomás. Su padre está en casa y trabaja en su nuevo velero.

Saluda a Eva y le pregunta:

—¿Sabes por qué las bailarinas están siempre morenas?

Eva no sabe qué responder.

—Porque al danzar sobre la punta de los pies están más cerca del sol...

Tomi le enseña a Eva el carillón de su madre y añade:

—A mi padre le encantan los veleros y las ocurrencias tontas...

—Pero si tu padre no ha dicho ninguna tontería: cuando bailo me siento realmente cerca de las nubes.

Poco antes de que anochezca, Eva va a clase de baile a casa de la señora Sofía. Tomi se encuentra con Gaston en la cocina del Pétalos a la Cazuela. Lo acompaña mientras prepara unos pétalos de rosa y le dice:

—Es extraño, míster. Hoy he perdido y he acabado en el banquillo, pero nunca me he sentido más feliz desde que juego al fútbol...

—¿Y por qué, según tú? —pregunta el cocinero.

—Porque me ha encantado ver a mis amigos Fidu y Nico tan entusiasmados: uno ha parado un penalti y otro ha metido un gol...

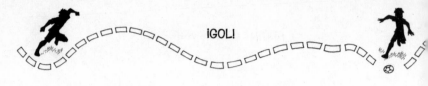

—Por eso te he reemplazado. De lo contrario, los goles los habrías metido tú, porque eres el mejor. Te habrías sentido feliz, pero más egoísta. La alegría más hermosa es la que se comparte con los demás: la alegría propia de una flor, no de los pétalos.

—¿Qué comeremos esta noche, míster?

—Guiso de arroz a las rosas.

—¿El plato que preparó cuando conoció a su mujer?

—Exacto. Les gusta a las bailarinas. Le gustará también a Eva.

Esa noche, en el salón del Pétalos a la Cazuela, los Cebolletas y los chicos de los Tiburones Azules cenan juntos en la misma mesa, inmensa. Nico está sentado entre las dos gemelas: no podía soñar con nada mejor. Fidu explica a Edu, el portero de los Tiburones, los secretos de sus estiradas de luchador. Tomi está al lado de Eva. João y Becan hablan de fútbol con Mirko, el estupendo número 10 de los Tiburones. Dani ha llevado su guitarra y habla de música con los brasileños.

En cambio, César y Pedro no ponen cara precisamente de fiesta. Murmuran entre sí, apartados. Es posible que se les hayan atragantado los cuatro goles

148

que han encajado o la promesa que han hecho al mismo tiempo que la apuesta: no podrán dejarse caer por los jardines hasta el próximo campeonato.

En otra mesa están sentados los padres de los chicos y el esqueleto Socorro, al que el padre de Tomi saluda dándole un golpecito en la calavera.

—Tienes que comer, que estás demasiado delgado...

Al llegar al postre, los padres de los Cebolletas se reúnen en torno a Champignon y charlan un buen rato. Al final, el cocinero les da una gran sorpresa:

—En julio, como todos los veranos, João vuelve a Brasil con sus parientes a pasar las vacaciones. Brasil es un país precioso. Sería maravilloso poder acompañarlo, ir a la playa y a lo mejor echar algún partido contra equipos de chicos brasileños. Allí se juega el mejor fútbol del mundo y podríamos aprender un montón. Sería maravilloso... ¡y de hecho lo será! Vuestros padres están de acuerdo: ¡en julio los Cebolletas desembarcarán en Brasil! ¡Mar, balón y amistad! ¿Qué os parece?

Tomi y los demás se miran, convencidos de que es una broma. En cuanto comprenden que es verdad, estallan en gritos de alegría. El padre de João y Gaston abrazan sus guitarras y se ponen a tocar canciones. Mientras las primeras parejas se ponen en pie para bailar,

149

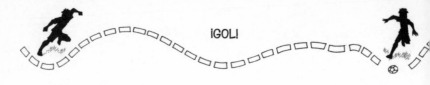
Charli guía a los chicos de los Tiburones hacia los platos que tienen que lavar.

—¡Espero que se te dé mejor fregar platos que lanzar penaltis! —dice Fidu a Pedro.

—Nos vemos el próximo campeonato —responde este gruñendo.

—Si para entonces has acabado de fregar los platos —comenta Sara.

¡Ah, se me olvidaba: también tú estás invitado a ir a Brasil! No puedes perderte el espectáculo de los Cebolletas en las playas de Río.

¡Hasta pronto! O más bien, ¡hasta prontísimo!

EL DERECHO DE JUGAR AL FÚTBOL... ¡Y DIVERTIRSE!

A los Cebolletas, Gaston Champignon les recuerda siempre que la regla número 1 es divertirse, no ganar. Porque quien se divierte... ¡siempre gana!

Bueno, no es el único que piensa de esa manera: en 1992, en Ginebra, se redactó la *Carta de los derechos del niño en el deporte*. ¡Leedla bien y procurad que se respeten siempre vuestros derechos!

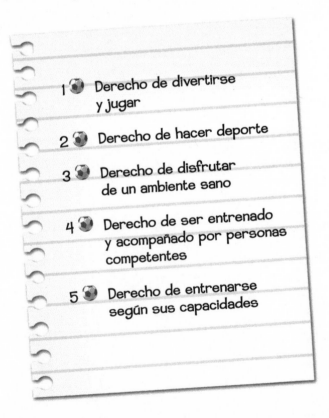

1 ⚽ Derecho de divertirse y jugar

2 ⚽ Derecho de hacer deporte

3 ⚽ Derecho de disfrutar de un ambiente sano

4 ⚽ Derecho de ser entrenado y acompañado por personas competentes

5 ⚽ Derecho de entrenarse según sus capacidades

6  Derecho de competir
con jóvenes que tengan
las mismas posibilidades
de éxito

7 Derecho de practicar deporte
con absoluta seguridad

8 Derecho de disponer del
tiempo adecuado de reposo

9 Derecho de no ser
un campeón

Gaston Champignon

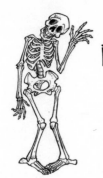

ÍNDICE